KB214368

울면서 그린 그림

반지수

울면서 그린 그림

그림으로는 다 표현할 수 없는 이야기

마음산책

울면서 그린 그림

그림으로는 다 표현할 수 없는 이야기

1판 1쇄 인쇄	2025년 3월 20일
1판 1쇄 발행	2025년 3월 25일

지은이	반지수
펴낸이	정은숙
펴낸곳	마음산책

담당 편집	김수경
담당 디자인	한우리
담당 마케팅	권혁준 · 최예린
경영지원	박지혜

등록	2000년 7월 28일(제2000-000237호)
주소	(우04043) 서울시 마포구 잔다리로3안길 20
전화	대표	362-1452 편집	362-1451 팩스	362-1455
홈페이지	www.maumsan.com
블로그	blog.naver.com/maumsanchaek
트위터	twitter.com/maumsanchaek
페이스북	facebook.com/maumsan
인스타그램	instagram.com/maumsanchaek
전자우편	maum@maumsan.com

ISBN	978-89-6090-925-0 03810

* 책값은 뒤표지에 있습니다.

그림을 그리는 일은 세상을 새롭게 보는 일이고
세상에 대해 알아가는 일이다.
세상이 어떻게 생겼는지
정확히 모르고 있었다는 사실을 매번 깨닫는 일이다.

책머리에

"책을 몇 권 썼는데도, 아직 할 말이 남아 있었던 거야?"

이 책의 집필을 거의 다 마무리했을 무렵, 남편은 인쇄된 원고 뭉치를 촤르륵 넘기며 정말로 궁금하다는 표정으로 물었다. 나는 대답했다.

"아직 반의반의 반도 다 말 안 했는데……."

"너는…… 참 할 말이 많은 사람이구나……!"

할 말이 별로 없는 남편은 신기해했다.

편집자님에게 처음 연락이 왔을 때도 비슷한 말을 들었다. 인스타그램, 블로그, 트위터(현 X)에 계속해서 내 생각을 업로드하고 있었는데(내가 너무 많이 드러날까

봐 내 딴에는 자제하면서 글을 올렸다) 어느 날 편집자님에게서 메일이 날아왔다. 나의 글과 인터뷰를 읽으면서 "'이야기와 경험'을 계속해서 발산하고 싶어 하는 기운"을 느끼셨다는 것이었다. 어떻게 아셨지! '발산'이라는 표현이 나에게 꼭 들어맞는 표현이라 기분 좋게 흠칫했다.

나의 제1직업은 일러스트레이터, 그림을 그리는 사람이다. 그런데 요 몇 년 사이 그림 그리는 시간만큼 글을 읽고 쓰는 시간이 많았다. 제1직업은 어떡하고, 어쩌다 계속 쓰는 사람이 되었을까.

그림에는 내 시선의 일부만 담겨 있다. 내가 세상을 바라보는 많은 방식 중, 가장 둥글고 고운 부분을 골라 담는다. 나는 그동안 가족사진 같은 그림을 그리고 싶었다. 소풍 가서 웃고 있는 모습이나 장난스레 찍은 우리 집 강아지 모습처럼 포근하고 그리운 일상을 그림으로 남기고 싶었다. 우리는 보통 싸우는 모습이나 퇴근 후 피곤함에 지쳐 쓰러져 있는 모습은 앨범에 잘 담으려 하지 않는다. 추억이 될 만한 순간을 선택적으로 남기고 싶어 한다. 나는 그런 그림을 그려왔다. 아주아주 곱고 따스한 색만을 고르고 골라서.

하지만 작가 반지수의 인생은 내가 그린 그림과는 전혀 다른 모양을 하고 있다. 때로는 무질서하고, 뾰족하고, 까탈스럽고, 산만하고, 복잡하다. 정도만 다를 뿐 아마 다른 예술가, 아니 많은 사람의 생이 거의 그렇지 않을까! 아무리 예쁘고 고운 모습만 보이려고 해도 지저분하고, 날카롭고, 머리가 지끈거릴 정도로 꼬여버린 순간들이 여기저기서 불쑥불쑥 튀어나오지 않는 사람은, 이 세상에 없지 않을까!

바로 그런 인생의 모습들, 내가 그림으로 표현하지 않지만 분명히 내 곁에 존재하는, 있는 그대로의 모습들을 어떠한 방식으로든 표현하고 싶었다. 사람들 눈에 비치는 과대평가된 부분을 해명하고, 알려지지 않은 것들을 은근슬쩍 자랑하고 싶었다. 그림을 그리며 알게 된 마음가짐을 수강생분들과 공유하고, 그림 실력이 성장하게 된 계기를 정리해두고 싶었다. 나의 포부와 꿈이 가장 생생할 때 기록해두고, 그림 그리는 일이 마냥 평화로울 것이라는 인식에 대한 오해를 풀고 싶었다. 동시에 이 직업이 얼마나 사랑스러운지도 묘사하고 싶었다. 프리랜서 일러스트레이터가 처한 환경에서 개선하고 싶은 부분도, 삼십대의 내가 느끼는 모순과 절망, 기쁨들도 모두 남겨두고 싶었다. 그림으로는 말하지 않았던 내 직업과 삶의 모습들을 글로 전달하고 싶었다.

불쑥불쑥 그런 욕구가 들 때마다, 거칠게나마 인스타그램이나(이런저런 이야기를 하는 계정이 세 개다) 블로그, 혼자 쓰는 일기장을 오가며 뱉어내고 또 뱉어냈고, 그걸 발견한 편집자님이 책을 써보자고 제안했을 때, '그래! 이왕이면 모두가 읽기 매끄럽게 다시 정리를 해보자' 마음먹었다.

그런 이야기들이다. 그림에 대한 이야기, 그림 그리는 직업에 대한 이야기, 이런 직업을 갖게 된 나에 대한 이야기, 나를 만든 시간들, 나를 혼란스럽게 하는 사건들, 나의 씩씩함, 고민, 경험, 이 직업을 증오하면서 또 사랑하고, 세상에 어떻게 대응하면서 살아가는지에 대한 이야기들.

무질서한 에너지를 발산하겠다고 의욕에 넘쳤으나, 누군가가 읽을 수 있도록 다듬고 만드는 일은 생각처럼 쉽지 않았다. 뭘 쓸지, 어디까지 쓸지 혼란스러웠다. 그럴 때는 오히려 '그림 그리는 일'을 자주 떠올렸다.

온라인수업 때 재미있는 경험을 했다. 모두 똑같은 영상을 보고 그림을 그리는데, 결과물은 제각각이었다. 내가 노란색을 쓰라고 하는 부분에서 어떤 사람은 무의식적으로 레몬색을, 어떤 사람은 오렌지색에 가까운 색을 골랐다. 아무리 지정해주어도 사람들은 결국 자기도 모르게 자신의 취향을 담아냈다.

나도 마찬가지다. 5년 전에 그린 그림을 지금 똑같이 따라 하려고 하면 잘 되지 않는다. 10년 뒤에나 나올 법한 성숙함을 미리 당겨쓰는 것 역시 불가능하다. 오늘의 나는 오늘의 나만큼만 그릴 수 있다. 그리고 나는 나다운 그림만 그릴 수 있다. 내 이야기를 쓸 때도 그렇게 하려고 했다. 미숙해도 지금의 나만이 할 수 있는 이야기를 하자고 다짐했다. 이 책에는 가장 최신 버전의 내가 담겨 있다.

책을 쓸 때마다 이름 모를 누군가에게 기나긴 편지를 쓰는 기분이다. 이번 책은 일러스트레이터라는 직업에 관심이 있거나 나와 비슷한 일을 하는 프리랜서들을 생각하며 썼다. 늘 혼자 일하기 때문에 일에 관해 이야기를 나눌 친구들이 많지 않다. 대신 드라마나 책을 볼 때 그림 그리는 사람의 이야기를 자주 찾아내서 그들을 친구 삼아 깔깔깔 웃고 공감하며 스스로를 이해하는 시간을 보낸다. 어쩌면 그래서 나도, 내 이야기에 공감해줄 누군가를 찾아 무언가를 자꾸 표현하고 싶고, 발산하고 싶었는지도 모른다. 이 책 역시 누군가에게 그런 시간을 선사할 수 있을까. 어디선가 외롭게 그림에 대해 생각하는 누군가에게 슬쩍 다가가 말을 걸 수 있을까.

2025년 초봄
반지수

차 례

내 말을 지키기 위해서,
나의 믿음을 지키기 위해서 열심히 산다.

1

무의미한 게 어디 있겠어

얼굴에 다 쓰여 있어

　이상하게 사주나 별자리 운세를 보면 잘 들어맞았던 적이 많다. 어릴 때는 할머니가 점집에 자주 다니며 이런저런 충고 겸 '예언'을 전해주었고, 고등학생 때는 엄마 지인 중에 점을 보는 분에게 가끔 점괘를 보러 가곤 했다. 할머니는 직업과 관련한 얘기는 쏙 빼고 늘 혼사에만 관심을 두어 "시집갈 때 숟가락 하나만 들고 가 잘 산다"는 말을 반복했었다. 그랬는데 정말 혼수를 하거나 집에 도움받는 일 없이 빈손으로 홀떡 혼인신고를 해서 아직까진 잘 살고 있으니 예언이 조금은 들어맞았다고 봐도 될까. 중고생 때, 엄마는 집에서 종종 화투 패로 하루를 점쳐보곤 했다. 여기저기서 어른들에게 주워들은 이야기나 엄마가 점치는 모습을 보며 특이하고 재미있다고 생각했다.

한번은 아빠가 집에 있던 오래된 명리학 서적으로 우리 집 식구들의 사주를 봐준 적이 있다. 다른 사람들은 제쳐두고 엄마의 사주를 본 우리 가족 모두는 깜짝 놀랐다. 엄마와 아빠는 재혼한 사이인데, 두 분이 만났을 땐 이미 아빠 쪽에 우리 3남매가 있었다. 그런데 엄마 사주에 '배다른 자식을 셋 키운다'고 떡하니 나와 있던 것이다. 그때 처음으로 사주라는 것에 정말로 무언가가 있는 모양이라고 느꼈다.

내가 다니던 대학교 근처에는 용한 타로·별자리 운세 가게가 있었다. 가격표에 '인생 전체 운세'가 10만 원이었던가, 높은 가격에 적혀 있길래 이걸 보고 싶다고 했더니 "이 운세는 너무 정확해서 추천하지 않는다"고 말하는 그런 곳이었다. 세밀한 것들을 잘 맞추어서 내가 학교 선배, 동기, 후배 모두에게 추천해 한때 우리 사이에 붐이 일었다. 일본인 후배가 여기서 별자리 운세를 봤는데, "3월에 일본에서 큰 재난이 일어날 수 있으니 방문하지 않는 것이 좋다"는 점괘가 나왔다고 한다. 그런데 정말 그 후에 동일본대지진이 일어나서 깜짝 놀랐다.

여러 기묘한 사건들을 접하고 나서 사주 관련 어플을 꾸준히 보기 시작했다. 명리학을 공부한 선배와도 친해졌고, 이 선배가 우리 점을 봐주기도 했다. 역시 잘 맞아 신이 난 우리는 우르르 달려가 점을 보곤 했는데 선배가 어느 날부터 자꾸 악몽을 꾸길래 주변 사람에게 물어보니, 복채를 안 받고 함부로 봐주어서 그렇다는 얘기를 들었단다. 그래서 선배에게 식사를 대접한 일도 있다. 신기하게 친한 친구 중에도 주역을 볼 줄 아는 친구가 있어서 그림을 그릴지 말지 고민할 때 친구의 주역점을 바탕으로 선택하기도 했다.

처음 사주를 봤을 때는 내 미래가 어떻게 될지가 가장 궁금했다. 그런데 돌아보면 사주가 내 미래를 맞힌 적은 드물었다. 의외로 가장 재미를 느끼고 빠져들었던 부분은 나의 개인적인 성격이나 특성에 대한 이야기를 들을 때였다. 물의 성향이라느니 밤의 성향이라느니 그런 은유적인 묘사들이나 기질에 대한 설명이 기가 막히게 잘 맞았다. 나는 변덕이 심하고 예민하며 일을 잘 마무리 짓지 못해 늘 스트레스였는데 사주에서는 그게 나의 본질적인 특성이라고 나왔다. 어릴 때는 어디까지가 나의 기질이고 어디까지가 바깥에서 온 모습인지 구분이 안 돼 혼돈할 때가 많았다. 그럴 때 사주를 들고 '나는 원래 어떤 사람인지' 알아간다는 느낌을 받곤 했다. 하지만 관심이 있다 해도 얕은 수준이었고, 영 딴판인 이야기를 하는 곳도 많아 그럭저럭 인생의 참고 사항이나 흥미로운 취미 정도로 여기고 있었다.

그런데 그림을 시작한 지 얼마 안 됐을 때, 두 살 터울의 오빠가 고양된 목소리로 한 사주 카페를 추천해주었다. 본격적인 점집이 아니라 그냥 사주 카페인데도 아주 잘 봐준다는 것이었다. 오빠가 처음 사주 카페에 간 날, 아무런 정보를 말하지 않고 "제가 쌍가마인데 장가를 두 번 가나요?"라고 물었더니 사장님이 "아버지가 여러 번 가서 괜찮아"라고 아무렇지도 않게 대답해 소름이 돋았다고 했다. 귀가 솔깃해져 오빠를 따라 방문해본 후, 이곳은 다르다는 것을 느꼈다. 통통한 볼살에 파마머리를 한, 작은 눈웃음이 표정에서 떠나지 않는 귀여운 인상의 아주머니가 나를 적확하고도 살벌하게 낱낱이 파헤쳤다. 생년월일과 태어난 시만 적어 건넸을 뿐인데, 앉은자리에서 술술 나의 비밀스러운 구석까지 세세하게 늘어놓았다.

사주에 너무 의존하게 될 것 같아 왠지 꺼려져서 자주 보지는 않는 편인데, 이 사주 카페만큼은 나름 정기적으로 들르게 되었다. 연초에 가는 식이 아니라 생각이 흘러넘쳐 고민이 좀처럼 풀리지 않을 때, 가슴이 답답할 때, 어떤 문제를 혼자서는 해결할 수 없을 때 방문한다. 지난 5년 동안 내 사주를 보는 데만 네 번 정도 들렀다. 친구와 가족을 데려간 것까지 치면 방문 횟수는 더 많다. 꾸준히 찾게 된 이유는, 재방문했을 때 신기한 포인트를 발견했기 때문이다. 나는 항상 생년월일과 태어난 시만 말하고 아무 질문도 하지 않는데, 사장님은 매번 다른 데 중점을 두고 말했다.

마음이 조급하던 때가 있었다. 내가 너무 늦은 것 같고, 남들보다 뒤처진 것 같고 도저히 다른 사람들을 따라잡을 수 없을 것 같은 두려움에 빠져 있던 시기에 방문했더니 사장님은 이렇게 말했다. "어차피 남들보다 4년씩 늦은 인생이니 조급함을 가지지 마세요. 그냥 자기 할 일 하다 보면 원하는 꿈을 이루게 되어 있습니다." 내가 조급해한다는 건 어찌 아셨지? 어차피 남들보다 4년 늦는 게 내 팔자인 걸까? 이 말을 들으니 분란했던 마음이 조금 가라앉았다. 아직도 마음이 급해질

25

때면 '난 원래 4년씩 늦어' 하고 내 일에 집중한다.

내 상황이 너무 크게 변해 주변 사람들에게 고민을 말하기 힘들었던 적도 있다. 친구들과 많이 멀어진 것 같고 나 혼자만 사람들로부터 동떨어진 것 같아 외로웠고 앞으로가 두려웠었다. 그때 그 사장님을 찾아갔더니 이런 말을 했다. "이 사주는 원래 물이 많고, 겨울에 태어나 겨울 호수의 섬 같은 특성을 지니고 있습니다. 마음에 벽이 있고 본인도 고독한 성향이 있어 주변 사람과 깊은 마음을 나누지 못하지만, 주변 사람들도 이미 당신의 그런 모습을 알고 있어요. 그게 지수 님이 친구들과 관계를 맺는 방식입니다. 또 혼자서 고민해도 잘 해결해나가는 특성을 갖고 있기 때문에 구태여 남들과 함께하지 않아도 상관은 없어요." 역시, 고민을 먼저 말하지 않았는데도 내 속마음을 읽은 것처럼 이런 이야기를 해주었다.

나는 하고 싶은 일이 너무 많아서, 그 어떤 것도 쉽게 선택하지 못해서 자주 혼란스럽다. 이 혼란을 주체할 수 없어 사장님을 찾아갔을 땐 이런 말을 들었다. "이 사주는 늘 두 가지 이상을 하려고 합니다. 남들은 하나도 하기 힘든데 여러 가지를 하는 데다 그것을 섞어서 하는 사람이고, 그렇게 해야 일이 잘 풀립니다. 특히 글과 그림을 섞는 일을 하면 좋아요"라고. 이전에는 한 번도 해준 적 없는 말이었다. 그날 나의 고민을 어떻게 알아차린 걸까?

생각이 너무 많아 힘들어져 찾아갔을 땐 이렇게 말해주었다. "내면이 복잡하고 생각이 너무 많아 그것을 스스로 통제할 수 없다고 느끼겠지만, 사실은 그걸 오랜 시간에 걸쳐 세상에 말하는 것을 일로 해야 하는 사람입니다. 그림과 이야기로 풀어낼 수밖에 없는 운명으로 보입니다. 창작으로 풀지 않으면 속에 쌓여 정신이 힘들어지니 결국 풀어낼 수밖에 없을 것이고, 또 그로 인해 대중들에게 사랑받을 것입니다."

어떻게 찾아갈 때마다 궁금해하던 부분을 콕 집어서 이야기해줄 수 있을까? 혹시 사주가 아니라 신기가 있으신가 싶어서 한번은 어떻게 귀신같이 내 고민을 아시느냐고 물어본 적이 있다. 그랬더니 환한 눈웃음을 지으며 "신기가 있는 게 아니라 보면 알아요. 얼굴에 다 쓰여 있어요"라고 했다.

늘 다른 이야기이기는 했지만 그분이 해주는 말의

핵심은 모두 같았다. 스스로를 받아들이고, 주어진 일을 열심히 하면 된다는 것. 나의 고민은 별로 큰 '문제'가 아니라는 것. 있는 그대로의 자기 모습은 그냥 기질이거나 내가 가진 특성일 뿐 문제가 아니기 때문에 그렇게 고민할 필요가 없다는 것.

이런 말을 듣는 것이 좋았다. 본디 사주팔자란 것이 그러하듯, 내가 듣고 싶었던 말은 '넌 원래 그래!'라는 말이었다. 있는 그대로의 내 모습을 인정받고 싶었던 것이다. 그리고 누구보다 사주 카페 사장님이 그런 말을 많이 해주었다. 내가 정말 듣고 싶은 말을 해주니까, 그런 말을 들을 수 있으니까 사주를 좋아하고 그곳의 단골이 되었던 것 같다.

나에게는 응원의 말이 더욱 필요하다. 모자란 부분, 고쳐야 할 부분은 이미 항상 현미경을 들여다보듯 속속들이 알고 있다. 내 단점을 누구보다 잘 알고 있기 때문에 다른 사람들한테는 그냥 '믿는다, 응원한다'는 말만 듣고 싶다. 아쉽게도 내가 무언가를 하겠다고 했을 때, 응원의 목소리보다는 우려와 의심의 목소리를 더 많이 들어왔다. 어쩌면 그래서 더 절박할 때 사주 카페를 찾아갔는지도 모른다.

주변에 이 사주 카페를 자주 추천했는데, 가족들과 다른 지인들은 대체로 잘 맞았다는 후기를 들려주었지만, 하나도 맞지 않아서 실망했다는 사람들도 있었다. 점을 봐주는 사람과 보는 사람 사이에도 궁합이 있다는 말을 들은 적이 있다. 나는 그 사장님과 궁합이 잘 맞았던 모양이다. 그런데 최근 몇 년간 내 사주는 보지 않았다. 그동안 필요한 말을 충분히 들었기 때문이다. 지금도 얼굴을 찌푸린 채 골몰하다가도 그동안 그분에게 들었던 말들을 다시 떠올리면 '아! 나 원래 이런 팔자였지'라며 편안해지곤 한다.

당분간 내향적 외향인

초면인 사람들과 서로 MBTI를 물어보다 내가 "E예요" 하면 상대방이 놀라며 "I이신 줄 알았어요!"라고 반응하는 경우가 종종 있다. 요즘은 사람 만날 일이 거의 없어 바깥에 나가면 차분하게 구는 편이라 내가 생각해도 내향인처럼 보일 듯하다. 그런데 나는 아무리 검사해도 E가 나오는 외향인에 가깝다.

활동적인 것을 좋아한다. 스포츠처럼 몸을 움직이는 활동 말고, 정적인 활동을 집 밖에서 한다든가 사람들과 부대껴 어울리는 것이 좋다. 집에 너무 오래 있으면 좀이 쑤셔서 적어도 하루에 한 번은 산책을 가거나 카페라도 들러 바깥에서 에너지를 얻어 온다.

이십대 때는 더 심했다. 대학교 생활 6년 정도는 단

하루도 집 밖으로 안 나간 날이 없었다. 대학교에 들어가자마자 월화수목금 저녁을 학생회, 학생복지기구, 학회, 동아리 활동으로 꽉꽉 채웠다. 과 학생회장도 했고 또래들과 세상 이야기로 시간 가는 줄 모르는 술자리도 좋아했다. 다이어리에는 늘 일정이 가득 차 있었다. 일정이 없으면 산책이나 도서관, 뒷산이라도 올라야 힘이 났다. 가장 행복했던 순간을 떠올려보면 북적북적 다 같이 모여 하던 농활, 밤새워 준비했던 세미나가 떠오른다. 사람들과 어울려 함께 이야기하고 일할 때 사는 맛이 났다. 어딘가에 속해서 뭔가를 하고 거기서 잘하는 걸 인정받으며 행복해했다. 그래서일까 오래도록 내가 조직에 적합한 인물이라고 여겼다.

처음 그림을 그려야겠다고 생각했을 때도 그랬다. 화가가 되고 싶지만 다른 활동들을 그만두고 싶지 않았다. 실제로 몇 년간은 그림 지망생과 사회 활동을 병행했다. 한편, 화가가 되고 싶었던 만큼 영화를 만들고 싶은 마음도 무척 컸다. 영화 자체를 좋아해서이기도 했지만, 영화는 여러 사람이 집단으로 만드는 예술이라는 점이 더 좋았다. 영화를 만드는 사람들의 이야기나 관련 다큐멘터리를 보면, 바로 그 점 때문에 '나랑 정말 잘 맞는 일 같다'고 느꼈다. 창작 장편 애니메이션을 만드는 회사에 들어간 것도 이런 이유 때문이었다. 물론 장편 애니메이션도 좋아했고, 여러 사람들과 영화를 만드는 방식도 마음에 들었다. 실제로 회사를 다니면서 어떤 장면을 어떻게 그릴지 감독님과 논의하고 GV를 다니거나 다른 팀과 연출 방향을 함께 정하는 일, 답사 등 활동적으로 창작을 하는 방식이 나와 잘 맞는다고 생각했다.

때로는 너무 욕심을 내 쉬지 않고 달리느라 지친 적도 많았다. 학생 때부터 넘치는 활동력을 제어하지 못해 쉬어야 하는 때를 자주 놓치곤 했다. 혼자 책을 읽거나 나만의 조용한 시간을 보내기 힘들어지면 '왜 이렇게 일을 많이 벌였지?' 한탄했다. 나와 성향이 정반대인 사람과 같이 일해야 해서 스트레스로 위염을 달고 살기도 했고, 회사를 다닐 때는 내 업적이 회사의 이름에 가려지는 데 불만을 품기도 했다. 단 하루도 6시에 퇴근한 적이 없었고, 공휴일에도 일을 하다 보니 영혼이 점점 소진되는 것 같았다. 자기 그림을 그리며 이름을 알리는 프리랜서 일러스트레이터들을 SNS로 훔쳐보며 부러워했다. 그래서 많은 활동을 그만두었을 때, 회사를 나오게 됐을 때, 슬프면서도 마음 한편으로는 '드디어 자유다, 혼자가 되었다'는 느낌에 설레기까지 했다.

하지만 프리랜서가 되고 나서도 얼마 안 가 어딘가 속할 곳을 계속해서 찾아다녔다. 누군가와 함께 일해야 에너지가 생기고 내 능력이 더 발휘될 것 같다는 기분을 떨쳐내기 힘들어서였다. 여기 기웃, 저기 기웃거리며 집단으로 일할 수 있는 곳을 물색했지만 진정으로 속하고 싶은 곳을 찾지 못해 심적으로 방황도 많이 했다. 일해보고 싶은 회사는 외국에 있었고, 곧 문을 닫는다고 했다. 10년만 일찍 태어났더라면 거기서 일할 수 있었을까, 불필요한 상상으로 괴로워했다. 그럴 때 가끔 주변에서 "좋아하는 일을 해서 좋겠다"라는 말을 들으면, 어딘가 찜찜했다. 좋아하는 일을 하고는 있지만 한편으로는 영화나 애니메이션을 만들지 못하는 상황 때문에 '왜 나는 내가 하고 싶은 일을 못 할까'라는 생각을 달고 살았기 때문이다. 어쩌면 나는 정말 원하는 것이 아니라 조건이 맞는 선택만을 해왔을 뿐이라는 생각도 들었다. 혼자 일하는 것, 일러스트레이터라는 일이 제일 좋아서 한다기보다 내가 속할 곳을 찾아

다니다 실패해서 하게 된 것은 아닐까.

  그러던 어느 날 깨달았다. 곰곰이 따지고 보니 영화를 하고 싶었다면 언제든 결단을 내려 영화 아카데미에 갔을 수도 있고, 애니메이션을 하고 싶었다면 내 비전과 완벽히 일치하지 않더라도 비슷한 곳으로 들어갈 수도 있었다. 하지만 그러지 않은 건, 마음속 저울질에서 '혼자 그림을 더 그려보고 싶다'는 마음이 늘 조금씩 이겼기 때문이었다.

  지금은 남들과 부대끼며 일하기보다는 혼자 나의 이야기를 숙성시킬 때가 아닌가 하는 생각이 자꾸 든다. 나만의 이야기를 많이 쌓아둔 후, 기회가 되면 이런저런 방식으로 제작자를 만나 영화화할 수도 있지 않을까. 지난 몇 년 동안 이것이 현재의 나에게 맞는 순서라고 생각해왔다.

  집에서 혼자 작업하는 방식의 매력에도 푹 빠져 있다. 책상 앞에 앉으면 무엇이든 만들어지는 이 모습이, 이 고요함이, 고요하지만 활기찬 창작의 시간이 너무나 좋다. 그리고 보니 고등학생이 되기 전엔 늘 이랬었다. 활기차게 사람들과 어울리는 것보다 방에서 혼자 노는

게 좋았다. 한동안 알아차리지 못했을 뿐 사실 이런 모습도 내 안에 오래 있었다.

가끔 사람들과 어울려 행복한 얼굴의 옛날 사진을 볼 때, 다 같이 무언가를 만드는 사람들을 볼 때, 고민을 나눌 창작자가 없을 때면 어떤 '버튼'이 눌린 듯 사무친다. 그럼 하루 종일 유학이나 해외 취업 등을 찾아본다. 하지만 이내 나의 책상과 세계로 돌아온다. 방에서 혼자 무언가를 꾸역꾸역 만들어낼 모습을 떠올리면서 이대로도 좋다, 지금 이 모습이 나다, 같은 생각을한다.

어쩌면 이십대 때 분주하게 돌아다닌 덕에 이렇게 될 수 있었는지도 모른다. 그땐 지나치게 바깥에서 다른 사람들과 있다 보니 혼자인 시간을 염원했었다. 지금은 너무 안에만 있어서 가끔씩 바깥을 염원할 수도있다. 단지 가지지 못해 그리워하는 것인지 정말 조직에서 일하면 더 능력을 발휘할지는 알 수 없으니 가능성은 열어두고 있지만 현재로서는, 당분간 몇 년은, 홀로 일하는 쪽이 마음에 들 것 같다.

그러고 보니 애니메이션 회사를 나온 직후에 함께 작업실을 쓰던 미술작가님이 타로점을 봐준 일이 선명하다. 삶에 변화의 소용돌이가 칠 때였다. 어떤 점괘가 나올까 궁금했는데, '동굴로 들어간다'는 점괘가 나왔다. 좋은 것인지 모르겠어서 의아해하자 작가님이 말해주었다. "예술가가 동굴로 들어간다는 건 좋은 의미예요. 자기 내면으로, 자기 공간으로 가야 작업물이 나오는 거니까요. 창작의 세계로 들어간다는 의미인 거지요." 과연, 더 이상 세상에 휩쓸리지 않고 나만의 조용한 세계에 집중하고 싶다는 생각을 그때도 어렴풋이 갖고 있었다. 그 후 죽 혼자 일해왔다. 지금의 나는 창작의 동굴 속에 있어야 하는 단계인지도 모르겠다.

매일 대화하는 가족이 있으니 외향성이 해소된다.
덕분에 집에서 일할 수 있는 것인지도 모른다.

나의 기원을 찾아서

아빠는 어릴 적부터 "내가 하고 싶은 것을 못 했기 때문에 내 자식들은 원하는 걸 했으면 좋겠다"는 말을 자주 했다. 정말로 아빠는 우리가 뭘 해도 혼내지 않고 내버려두었다. 어린 시절 오빠와 나는 늘 만화책과 만화영화를 보는 데 시간을 썼고, 오빠는 거기에 더해 컴퓨터게임에 빠져 살았다. 그래도 부모님에게서 만화 좀 그만 봐라, 게임 그만해라, 공부 좀 해라, 같은 말은 들어본 적이 없다. 내 꿈이 화가라는 것을 알자 아빠는 늘 밥 아저씨가 나오는 채널을 틀어주었다. 집이 경제적으로 어려워지기 전까지 나에게는 항상 처음 보는 신기한 미술 도구들을, 오빠에게는 게임기를 잔뜩 사주었다.

오빠는 공부를 안 해도 전 과목 만점을 받는 등 성적이 너무 잘 나와 영재 소리를 들었다. 나는 초등학생 내내 노느라 나머지공부를 했고 반에서 꼴등을 한 적도 있다. 내가 낮은 점수의 시험지를 가져가면 엄마는 "어떻게 내 배에서 이런 애가 나왔지" 하며 깔깔 웃었다고 한다. 그러다 6학년이 되어서야 공부에 욕심이 생겼고 중학생, 고등학생이 되면서 점점 성적이 올랐다. 가만 내버려두어도 오빠가 공부를 잘하고 내가 공부에 욕심을 낸 건 분명 부모님을 닮았기 때문일 것이다. 엄마 아빠 모두 공부를 잘했다고 한다. 하지만 두 분 다 공부를 마음껏 하지는 못했다. 형편이 어려워서였다. 아빠는 할아버지의 반대로 좋은 성적을 살려 가고 싶었던 고등학교 대신 공업고등학교에 들어가 기술을 배워 포클레인 기사가 되었다. 오랫동안 바깥에서 일을 해 얼굴과 팔이 까매져 겉모습은 꽤나 거칠어 보이는 아빠지만, 역사에 해박한 지식을 뽐낼 때나 말하는 걸 들어보면 어릴 때 공부를 잘했다는 말이 과장은 아닌 것 같다.

지난 명절에 집에 갔다가 왜 할아버지가 아빠의 유학(그때는 시골에서 읍내만 나가도 유학이라고 불렀다고 한다)

을 반대했는지 그 이유를 더 자세히 듣게 되었다. 단순히 가난해서가 아니라 숨겨진 이야기가 있었다. 거나하게 술에 취한 아빠가 옛날이야기를 하기 시작했다. 나는 처음 듣는 이야기였다.

　1930년대 초 증조할아버지는 어떤 이유에선지 한국을 떠나 일본으로 이주했다. 당시 증조할머니의 뱃속에 할아버지가 있었다. 증조할아버지는 아내와 아이를 버리고 떠났다. 남편이 일본으로 떠나버리자 증조할머니는 홀로 할아버지를 키웠다. 고생한 증조할머니를 보고 자란 할아버지에게 증조할아버지는 자신과 어머니를 버리고 간, 원망스럽고도 그리운 존재였다. 할아버지는 아버지의 빈자리를 크게 느꼈고 아버지 없이 컸다는 설움을 오래도록 간직했다. '내 자식만큼은 아비와 떨어지지 않게 하겠다'고 결심했다. 그래서 아빠가 공부를 더 하고 싶다며 타지로 가겠다고 했을 때 완강히 반대했던 것이다. 아빠는 할아버지의 콤플렉스 때문에 어쩔 수 없이 꿈을 포기해야 했다. 그게 괴로워서 자식만큼은 하고 싶은 것을 방해하지 않겠다고 다짐하게 되었다고 한다. 우여곡절은 많았지만, 이런 환경에서 그림을 잘 그린다고 인정받고 자란 나는 (많이 돌아오긴 했지만) 그림 그리는 사람이 되었고, 맨날 게임만 하던 오빠는 결국 게임 만드는 사람이 되었다. 하고 싶은 것을 해도 혼나지 않는 가정이 되기까지 삼대를 거쳐야 했다는 사실이 놀라울 따름이다.

또 재미있었던 이야기는 증조할아버지도 공부를 좋아했다는 점이다. 그걸 닮았는지 할아버지도 늘 신문과 책 읽기를 좋아했다고. 방 한구석에 누워서 책을 뒤적거리던 할아버지 모습은 나도 자주 본 기억이 있다. 직업은 농부였지만 일보다 독서가 좋았던 할아버지는 술을 마시며 선비처럼 굴었다. 할머니는 "혼자 쌔가 빠지도록 일해도 저 양반은 술만 먹고 도와주지 않는다"며 하소연했다. 증조할아버지가 일본에서 어떤 일을 했었는지는 모르지만, 할아버지도 아버지도 공부를 못 했으니 맘껏 공부할 수 있게 되기까지도 삼대를 거쳐야 했다고 생각하자 아득해졌다. 내가 가진 것에 겸허한 마음이 들었다. 내 인생도 나 혼자만의 것이 아니라는 사실을 새삼 깨달았다.

이런 이야기들을 듣고 나자 나의 기원이 더욱 궁금해졌다. 공부를 잘했다는 증조할아버지는 왜 일본에 갔고, 가서 뭘 하셨을까? 재일조선인 문제를 여기저기서 듣긴 했지만 증조할아버지가 재일조선인 1세대였다니. 증조할아버지는 일본에 가서 두 딸을 낳았다고 한다. 나에게는 고모할머니인 셈이다. 아빠가 어릴 때만 해도 거류민단을 통해 고모할머니들과 연락이 닿았지만 지금은 교류가 끊겼다고 한다. 증조할아버지에 대한 기억을 갖고 있는 사람은 이분들이 유일해서, 고모할머니와 그 후손들을 찾기 위해 거류민단 사이트에 연락을 취해보려고 한다. 내 먼 친척들의 인생은 어떻게 뿌리를 내리고 어떤 모양을 하고 있을까. 거기에는 나와 닮은 또 다른 생의 모습이 있을까.

그러고 보니 나의 성질이 만들어지기까지 엄마들에 대한 이야기도 빼놓을 수 없을 것 같다. 내 인생의 5분의 2는 친엄마와, 5분의 3은 새엄마와 살았으니 나는 서로 다른 '엄마들' 손에 키워졌다.

친엄마는 한없이 느긋한 사람이다. 집을 안 치워도 아무렇지 않아 하고 일 처리가 느리다. 좋게 말하면 태평하고 나쁘게 말하면 게으르다. 하지만 누군가 '당신 왜 이렇게 게으르냐'고 타박해도 타격을 받기는커녕

호호 웃으며 맞장구친 후 한 귀로 흘려버릴 사람이다. 거의 모든 면에서 철저함이 부족한 엄마 밑에서 자란 덕에 나는 어린 시절 내내 학교 준비물을 안 챙겨 가거나 숙제를 하지 않는 등 느긋하고 덜렁거리기 일쑤였다.

대신 엄마는 반짝이는 재능의 씨앗을 갖고 있었다. 그림을 잘 그렸다. 글쓰기도 자주 칭찬받았다고 한다. 그 재능을 직업으로 가꾸지는 못했지만 분명히 감각이 있었다. 하드웨어는 아빠를, 소프트웨어는 엄마를 닮을 가능성이 높다는 연구가 있다는데 실제로 우리 남매들은 얼굴은 아빠를 닮았고 그림에 대한 재능은 엄마를 닮았다. 오빠도 어릴 때부터 그림을 아주 잘 그렸고 막냇동생은 자율전공을 하다가 취미로 들은 교양수업에서 미대 교수님이 "너는 그림을 그려야 한다"고 해서 지금은 전공을 바꾸어 문화재 미술 복원을 공부하고 있다. 셋 다 미술학원에 다닌 적이 없다. 배우지 않아도 쑥쑥 재능을 키워나갈 수 있었던 건 엄마에게 물려받은 피 덕분이었을 것이다. 문제는 엄마에게서 게으름도 똑같이 물려받았다는 사실이다. 빠릿빠릿하지 못하고 어떤 일이 생겨도 태평하고 큰 문제의식이 없는,

그런 유의 게으름이라고 할까. 그런데 엄마는 닥치면 또 잘해내고, 해야 하면 곧잘 했다고 한다. 나는 엄마의 이런 모습도 쏙 빼닮았다.

부모님은 내가 초등학교 4학년 때 이혼했고, 중학교 1학년 때 아빠가 재혼하여 지금의 엄마를 만났다. 지금 엄마는 게으름이라는 단어와 정반대에 있는 사람이다. 성실함의 현현이다. 마음은 여리지만 세상과 정면으로 맞설 만큼 강인하다. 아름다운 양초와 이불, 식기, 화분을 사랑하면서 단 한순간도 집을 어질러놓은 적이 없다. 불시에 집을 찾아가도 집 안의 모든 물건이 단정하게 제자리를 지키고 있다. 테이블이나 선반 위를 손으로 슥 닦아도 먼지 한 톨 나오지 않고, 냉장고는 TV 광고에 나오는 것처럼 칼 각을 유지한다. 그런 엄마 밑에서 자라면서 우리 남매들은 방을 어지럽히거나 행동을 똑바로 하지 않을 때마다 호되게 혼났다. 처음에는 적응이 안 됐고 왜 늘 청소를 해야 하는지 이해할 수 없었다. 하지만 그런 엄마가 있었기에 후천적으로 부지런함이 길러졌다고 생각한다. 동생들 집에 가보면 말로는 '집이 좀 더럽다'고 해도 엄청 깨끗하다. 과연 엄마의 자식들답다는 생각이 든다.

그뿐만 아니라 엄마는 책임감과 생활력도 강하다. 그러면서 멋도 놓치지 않는다. 일당 13만 원의 사과밭에 일하러 가면서 구찌 선글라스를 쓰고, 한 치의 흐트러짐도 없다. 혼자 곶감 농사를 지으면서 마당의 화단도 아름답게 가꾼다. 한시도 일을 손에서 놓지 않고 우리 가족을 든든하게 보살핀다. 친엄마는 일을 한 후 돈을 못 받아도 달라는 말을 못 했다고 하는데, 새엄마는 절대 넘어갈 사람이 아니다. 내가 서울에서 망나니처럼 살았을 때도 본가에 한번 갔다 오면 늘 정신이 번쩍 들었다. 엄마가 저렇게 성실하게 살아가고 있는데 하루를 허투루 보내선 안 된다는 생각이 들었다. 어른이 되어갈수록 지금의 엄마를 점점 닮아가는 것 같다. 생활을 정갈하게 가꾸는 데서 성취감을 느끼고, 요리를 사랑하는 것도 지금의 엄마를 닮았다. 자취를 할 때도, 결혼을 하고 나서도 엄마만큼 완벽하게 집을 정돈하진 못하지만 적어도 무한정 어지럽혀지도록 내버려두지 않고 틈틈이 정리를 하는 내 모습은 분명히 지금의 엄마 밑에서 자란 덕택이다. 아마 계속 친엄마와 지냈다면 주변 환경이 흐트러지는 것에 아무런 문제의식을 품지 않았을지도 모른다.

결국 내가 한없이 자유롭고 많은 것에 관대하고 한편으론 게으르면서도, 동시에 나 자신을 방목하지만은 않으며 문득문득 생활을 성실하게 가꾸고자 노력하는 것은 두 엄마에게 반쪽씩 물려받았기 때문 아닐까. 자유로움이라는 선천성과 성실함이라는 후천성을.

　한 가지, 누구에게서도 물려받지 않은 것이 있다. 끊임없이 들끓는 욕심과 꿈들, 밑도 끝도 없는 자신감, 세상에 대한 멈추지 않는 관심. 하고 싶은 것이 너무 많아 늘 머릿속이 터질 것 같은 모습은 누구에게서 왔을까? 우리 가족 중 누구도 야망이 크지 않고, 사회적인 문제에 이렇게까지 열을 올리며 관심 갖거나 사랑하는 일에 열정을 불사르는 사람이 없다. 하기야 유전자와 교육의 결합으로만 인간이 구성된다고 생각하면 재미없다. 어쩌면 누구도 닮지 않고 아무에게도 물려받지 않고 출처를 알 수 없이 불쑥 튀어나오는 것이야말로 고유한 나만의 모습 아닐까.

삶을 닮고 싶은 화가

 30년 동안 자기 집 정원 밖으로 나가지 않는 화가가 있다. 아침에 일어난 후 낮에는 자신의 정원에서 살아가는 식물, 곤충, 연못을 관찰하는 데 모든 시간을 쓴다. 하기 싫은 일은 하지 않는다. 밤이 되면 붓을 잡고 그리고 싶은 것만 그린다. 꼬부랑 할아버지가 된 그는 거장으로 불리고, 나라에서는 문화훈장까지 수여하지만 필요 없다며 거절한다. 이런 사람이 정말 있을까?
 〈모리의 정원〉이라는 영화에 나오는 '모리'의 이야기다. 나는 이 영화를 좋아하다 못해 사랑한다. 제일까지는 아니어도 근 몇 년간 봤던 영화 가운데 다섯 손가락 안에는 들었다. 이 영화에만 품게 되는 고유한 애정이 있다. 내가 오래도록 원했던 이야기, 애타게 찾아 헤매던 느낌의 영화였다. 영화 속 모리의 삶은 판타지나 로망 같았다. 어떤 삶을 살고 싶은지 물으면 모리처럼 살고 싶었다. 무언가를 선택할 때 답을 내리기 힘들면 '모리라면 어떤 선택을 했을까' 생각했다.

가장 부러웠던 점은 하기 싫은 건 과감히 하지 않고 하고 싶은 것만 하는 그의 태도다. 거기에 다른 사람들의 기준은 상관없다. 어떤 일의 청탁이 들어와도, 돈을 많이 준다고 설득해도 하기 싫으면 하지 않는다. 어느 료칸에서 간판에 글씨를 써달라고 모리를 찾아오는데, 그는 계속 거절하다가 끈질긴 부탁에 못 이겨 결국 글씨를 써준다. 그런데 료칸 이름이 아니라 자기가 좋아하는 단어를 써버린다. 료칸 직원이 화는 내지 못하고 당황하는 사이 주변 사람들이 한마디씩 거든다. "이렇게 된 거 료칸 이름을 바꿔버려!" "그게 좋겠군!" 다들 모리의 행동이 잘못됐다 생각하지 않고 모리가 멋대로 한 행동을 이해하는 것이다. 이 장면을 보면서 그가 있는 그대로 존중받기까지 얼마나 오래 자신의 고집을 단단히 지켜왔을까 감탄했다. 멋대로 굴어도 이해받는 인생이라니, 부러웠다.

나는 모리처럼 행동하지 못한다. 하기 싫은 일도 먹

고살기 위해서, 커리어가 될까 봐, 거절하기 어려워서 꾸역꾸역 해낸다. 모리의 쿨한 태도를 흉내 내보려고 하지만 불가능하다. 발끝에도 못 미친다. 물론 영화 속 모리는 아흔네 살이고, 나는 열심히 생활비를 벌어야 살아갈 수 있는 삼십대니 단순 비교는 무용하겠지만, 아흔넷이라고 해서 다 모리처럼 살 수 있는 것은 아닐 테다. 도대체 어떤 경지에 올라야 그토록 단순하고 단호해질 수 있을까. 할 수만 있다면야 한시라도 빨리 그의 모습을 조금이나마 닮고 싶다.

　모리가 하루 종일 정원을 탐험하는 장면도 좋다. 그는 자신의 정원, 그만의 작은 우주에 흠뻑 빠진다. 그가 보는 것은 어제보다 조금 더 자란 풀잎, 벌레, 돌멩이 들이다. 모리에게 세상이 흘러가는 속도는 보통 사람들과 달라 보인다. 실제로 영화 연출에서도 모리가 자연을 탐험하는 장면과 그런 모리를 바라보는 사람들의 장면은 구도와 속도, 음악이 어딘가 조금씩 다르다. 보통 사람들의 장면은 생활감과 소음, 분주함이 넘치는 반면 모리가 정원을 탐험하는 장면에서는 오직 그만의 세계로 빠진 듯 클로즈업과 신묘한 음악이 사용된다.

정원 탐험을 어찌나 열심히 하는지 먼 곳에서 그를 찾아오는 손님에게 아내는 "지금은 연못의 송사리를 보느라 바쁘다고 하네요"라며 방해해선 안 된다는 듯 이야기한다.

가끔 모든 것이 포화된 상태에 지쳐버릴 것 같을 때가 있다. 경험도 물건도 더 크고 많이 가지는 것이 '당연히' 선인 것처럼 받아들여질 때면 숨이 막힌다. 그런 가치를 따라가고 싶은지 입장을 정리하지 못한 채 시간을 보내고 있는 것만 같다. 때로는 휴대폰을 끄고 천천히 작은 세상만 바라보고 싶어질 때가 있다. 내 곁의 가족과 동물들과 훼손당하지 않은 자연을 보는 것만으로 하루를 채우고 싶을 때가 있다. 그것으로 만족하고 싶을 때가 있다. 하지만 젊은 욕심은 절대 그런 일상을 찬성하지 않는다. 아직까지 내 젊음은 늘 더 많은 세상을 경험하고 커리어를 쌓는 것이 좋다는 입장을 취해왔다. 그런 점에서 모리가 부러웠다. 나는 절대 가질 수 없을 것 같은 태도, 속세에 대한 욕심은 이미 정리하고 자기 집의 정원만으로 우주를 느끼는 그 태도가 부러웠다. 비록 영화지만 세상에 이런 삶도 있다는 것이 참 좋았다.

언제든 정원이 보이는 삶이라니
나도 언젠가는 갖고 싶어.

하지만 마냥 부러워하기에는 놓치지 말아야 할 것이 있다. 모리가 아이처럼 순수하게 원하는 일만 할 수 있는 데에는 아내 히데코의 헌신이 아주 크다는 사실이다. 모리가 하고 싶은 일을 하는 동안 히데코가 식사 준비부터 집안일은 물론, 모리의 일과 잡일까지 모두 처리해준다. 현실적인 일들을 전부 담당해주는 조력자가 있었던 덕분에 모리는 자연의 일부처럼 자기 것을 온전히 지키며 살아갈 수 있었다. 남편 뒷바라지하느라 삶을 바친 아내들의 이야기가 셀 수 없이 많듯 모리의 삶도 한 사람의 '희생'이 있어야만 가능한 이야기였던 셈이다.

히데코는 남편과 보내는 일상을 좋아한다고 했지만 마지막에 의미심장한 대화가 나온다. 모리가 아내에게 "당신은 다시 살 수 있다면 어떻게 할 거야?"라고 묻자 아내는 손사래를 치면서 "피곤해서 싫다"고 답한다. 모리는 "나는 여러 번 살고 싶어. 지금도 계속 더 살고 싶어"라고 말한다. 에구, 정말 철없는 양반이다. 히데코가 전적으로 헌신해준 덕에 자신의 순수함도 지켜진 것이거늘, 끝까지 자기 행복만 생각하는 모습이라니! 조금 얄미웠다. 하지만 동시에 모리의 순수함이 부러워서 그의 마지막 말이 오래도록 강렬하게 남았다. 모리처럼 될 수는 없더라도 그를 닮도록 노력해보자고 마음 한편에 그의 말을 새겨두었다.

〈모리의 정원〉을 이토록 좋아하지만 딱히 영화에 대해 더 알아보지는 않았다. 영화 자체가 너무 좋아 그저 이야기에만 심취했다. 워낙 특이한 이야기라서 죽 단순한 픽션인 줄로만 알고 있었다. 그런데 우연히 방문한 일본의 한 미술관에서 신기한 일을 겪었다. 모리가 그린 그림이 미술관에 걸려 있었던 것이다.

〈모리의 정원〉에 나왔던, 흰 찹쌀떡 세 개가 덩그러니 놓인 아주 단순한 그림. 화가 이야기지만 영화에 그림이 많이 나오지는 않는데, 그 그림만큼은 나름 비중 있게 등장해서 기억하고 있었다. 그림을 보자마자 모리라는 화가의 개성을 단번에 파악할 수 있어 인상적이었다. 느낌이 좋아 자주 떠올리곤 했다. 영화제작을 위해 누군가가 그린 그림일까, 원래 있는 그림일까 영화를 본 후 줄곧 궁금했지만 찾아볼 생각을 못 했다.

그런데 여행 중 계획에도 없었고 시간이 남아 우연히 급작스레 들어간 미술관에서 〈모리의 정원〉에 나온 그림을 만난 것이다. 상설 전시의 마지막 공간이었는데 들어가자마자 보이는 곳에 흰 찹쌀떡 그림이 버젓이 걸려 있었다. "어라? 영화에서 본 그 그림이잖아! 누가 그린 걸까? 설마 〈모리의 정원〉이 실화를 바탕으로 한 건가?" 심장이 두근거리며 짧은 순간에 여러 생각이 이어졌다. 상설 전시장 공간 전체가 모두 한 화가의 그림으로 채워진 것 같았다. 잽싸게 화가의 이름을 확인해보니 구마가이 모리카즈. '모리'카즈! 급한 마음에 휴대폰을 뒤져봤다. 〈모리의 정원〉이 이 화가의 실화를 바탕으로 한 영화였나? 찾아보니, 그랬다. 이런, 나는 왜 진작 찾아보지 않았을까.

기억 속에 박혀 있던 그림을 미술관에서 우연히 만나고, 실존하는 화가의 존재까지 알게 되다니 선물 같은 순간이었다. 찹쌀떡 그림은 실제로 보니 훨씬 좋았다. 솔직히 말하면 모리카즈의 다른 그림은 내가 아주 좋아하는 스타일의 그림은 아니었다. 그래도 모리를 떠올리며 그의 그림을 보니 화려하지 않은 그림이 사랑스럽게 다가왔다. 픽션인 줄 알았던 인생이었는데 정말로 그런 인생을 살았던 사람이 있다니. 판타지 같은 인생이 어딘가엔 정말 존재했었다니. 왠지 나도 그를 더 흉내 내도 괜찮지 않을까 용기가 나는 것만 같았다. 좋아하는 화가가 또 한 명 생겼다. 〈모리의 정원〉이라는 영화가 더욱 좋아졌다.

　모리카즈에 관한 정보를 찾아보면서 알게 된 것이 있다. 그는 부유한 집안에서 태어났지만 그림을 그리려고 아버지의 사업을 이어받지 않아 오래도록 가난한 삶을 살았다고 한다. 쉰 살이 넘어서야 그림이 조금씩 팔리기 시작하며 집을 짓고 가족의 생계를 책임질 수 있었다고. 나는 영화 속 할아버지의 모습만 보고 판타지 같은 삶이라고 생각했는데, 실은 그도 그렇게 되기까지 현실과 싸우며 순탄치만은 않은 삶을 살았던 것이다. 그런 생활고를 겪으면서도 자신의 그림에 대한 철학을 꺾지 않았다니 대단하다. 그가 더욱 궁금해졌다. 전시장에는 없었지만 검색을 통해 본 개미나 개망초 그림도 아름다웠다. 영화로 끝나지 않고 영화 너머의 현실에 그의 생에 관한 정보가 더 많이 남아 있으니, 거기엔 또 내가 새롭게 배울 태도와 이야기들이 얼마나 많을까.

그림 그리기와 글쓰기

첫 책『보통의 것이 좋아』가 출간되고 난 뒤 여기저기서 책을 같이 만들어보자는 제안을 받았다. 어쩌다 보니 최근에는 그림을 그리는 시간보다 글을 쓰는 시간이 더 많았다. 조금씩 조금씩 쓴 글들이 모여 연달아 에세이 세 권을 마무리할 수 있었다.

처음으로 마감한 책은 전공생이 아닌 내가 그림을 그리기로 결심하고 전업 작가가 되기까지의 이야기를 담았다. 실은『보통의 것이 좋아』보다 먼저 계약한 책이었고, 『보통의 것이 좋아』의 그림들도 이 책에 실릴 예정이었다. 그런데 책을 제안받았을 때는 일러스트레이터로 자리 잡은 지 얼마 안 된 데다 너무 많은 변화를 거치던 때라 아무리 과거를 회상하며 쓰고 또 써봐도 생각이 정리되지 않았다. 분명 계약할 때 "저는 글 쓰는 게 그렇게 어렵진 않은 것 같아요"라고 말했는데 허세였다. 글쓰기가 뭔지도 모르고 한 소리였다. 왜 미팅할 땐 늘 자신만만한 척 행동하게 될까. 글이 나오지 않아 결국 그림들은 '산책'이라는 주제로 다시 묶여 『보통의 것이 좋아』로 먼저 출간되었다. 산책에 대한 나의 경험과 생각들을 담은 에세이도 함께 엮었다.

과거 이야기는 글을 다시 쓰기 시작해 완성하기까지 3년을 더 들여야 했다. 그중에서도 첫 2년간 쓴 글은 도무지 남들에게 보여줄 상태가 아니라 파일로만 남아 있고, 1년 동안 마음을 다잡아 모든 글을 처음부터 새로 썼다. 마중물을 붓는 데만 2년을 쓴 셈이다. 하지만 다시 쓴 글도 마음에 들지 않아 퇴고만 열 번 넘게 하고 여행을 가서도 내내 원고를 붙들고 있었다. 심지어는 꿈에서도 원고를 썼다. 시간이 오래 걸렸던 이유는, 글의 주제가 나에게 너무 가까운 과거였기에 자신에 대한 해석이 결여된 상태로 글을 썼기 때문이었을 것이다. 결국 이미 아는 나를 쓰는 게 아니라, 쓰고 또 쓰면서 나 자신을 새롭게 알아갔다.

이 원고를 완성하고 나자 다음 책은 비교적 쉽게 쓰

였다. 어린 시절부터 지금까지 나를 만들어온 독서 경험에 대한 책으로, 『반지수의 책그림』이라는 제목으로 세상에 나왔다. 약 10개월 정도 메모만 해두다가 본격적으로 쓰기 시작하니 3주 만에 초고가 완성되었다. 그동안 다른 사람들의 에세이를 찾아 읽기도 했고 어떻게든 한 권의 원고를 완성한 게 연습이 되었던 모양이다. 첫 번째 원고와 달리 글을 쓰는 동안 나름대로 나만의 글을 쓰는 방식도 생겼다. 아이디어가 떠오르면 전체적인 짜임을 노트에 먼저 정리한 후, 맥북으로 길게 늘여가며 다시 쓰니 글이 줄줄 나왔다. 맥북 용량이 너무 작아 다른 작업을 하기 불편했는데, 오히려 저절로 딴짓이 방지되어 글쓰기에 제격이었다. 어떻게 해도 글이 안 나올 땐 산책을 하거나 카페를 가거나 집 앞 천변 벤치에 앉아서 쓰기도 했다. 날씨가 한창 좋을 때면 줄곧 밖에서 글을 썼다.

　글 쓰는 일은 대체로 고통스러웠지만 점점 욕심을 내려놓는 법을 알게 되었다. 어차피 최고의 글을 쓸 수는 없고, 글 쓰는 게 나의 제1직업이 아니라면 일단 할 수 있는 만큼 하는 수밖에 없다는 걸 받아들였다. 덜 고통스러웠던 데에는 편집자님들의 역할도 컸다. 원고를 다 쓴 후 누군가에게 보여주고 확인받을 수 있다는 게 큰 안심이 됐다. 이렇게 하는 게 맞는 건가 아리송한 상태로 원고를 보내면, '무엇 무엇이 느껴져서 좋았다' 혹은 '이 부분은 덜어내면 어떨까' 짤막한 의견을 들을 수 있었는데, 그런 가이드가 있어서 나도 '이렇게 하는 거구나' 조금씩 원고를 완성하는 법을 배워갔다. 퇴고를 하는 과정에서 '에라 모르겠다' 일단 던져두었던 표현들이 점점 구체적이고 입체적으로 자신의 자리를 찾아가며 변화했다. 편집자님이 짚어주는 부분을 다시 보면 항상 '아차, 내가 이 부분은 어물쩍 넘어갔구나' 알게 되었다. 혼자서는 놓쳤던 부분들이 사람들과 만나 풍부해졌다. 다른 사람이 봐주어야 늘 더 좋은 글이 되었다. 의지할 상대가 있다는 건 좋은 거구나, 글을 쓰며 느꼈다.

이 경험은 내게 무척 새로웠는데, 왜냐하면 그림은 수정 요청이 오면 순간적으로 짜증스럽고 자존심 상하는 기분에 울컥하는 일이 많았기 때문이다. 그림만큼은 독립심과 자존심이 너무 강했다. 사실 그림도 남들이 짚어주고 수정하면 항상 더 좋아진다. 물론 일로 하는 그림은 수정 요청을 받으면 싫어도 얼마든지 고칠

수 있다. 그런데 개인 작품을 지적받을 때면 너무 괴로
웠다. 고치면 좋아지는 걸 알지만 그래도 싫었다. '조금
부족하면 어때, 그게 지금 내 상태인 건데' 싶었다. 나
름대로 내 안에서 하나하나 벽돌을 쌓으며 기나긴 준
비를 해온 것인데, 외부 의견에 나의 성벽이 무너지는
기분이 들었다. 그 혼란의 시기가 지나면 다시 홀로 나
를 쌓아야 할 것만 같았다. 한번은 내 애니메이션이 통
째로 지적을 받자 충격에 휩싸여 일주일 동안 작업을
하지 못하고 앓아누운 적도 있다. 요즘은 좀 나아져서
몇 초 울컥하는 게 다지만, 예전엔 주변 사람들의 평가
로 절망과 환희에 휩싸이는 게 더 심했었다.

글과 그림. 둘 다 창작이고 나에 관한 것인데, 의견을
주고받는 일에 왜 이렇게 다른 양상을 보일까. 아마 나
는 그림을 더 사랑하고 욕망하나 보다. 누구보다 잘하
고 싶고 혼자서 충분히 잘할 수 있다고 믿는다. 온전한
내 것을 만들고 싶다. 그렇게 항상 믿고 있어서, 그만큼
많이 생각하고 있어서 이렇게 애쓰는데 지적을 들으면
마음이 상하는 것이다. 애정이 깊은 만큼, 딱 그만큼 상
처도 깊은 것일 테다.

누군가가 지적한 단점이 사실이고 실제로 도움이 된다 하더라도 시간이 지나면 작가 스스로 그것을 알아차리고 발전시킬 수 있을 것이라 믿는다. 거기까지가 작가의 역량이고 역할이라 믿는다. 그림의 단점을 지적받으면 내 일을 침범당하는 기분이 든다. 그래서인지 마음이 자꾸만 유치해진다. 정말 피곤한 상황이지만 그림이란 장르 자체가 본디 자신감, 자존감과 강력하게 연결되어 있는 것이라고, 나뿐만 아니라 그림 그리는 많은 사람이 그렇다고 생각한다.

글은 그 정도까지는 아니다. 잘하고 싶은 마음이야 굴뚝같지만 누구'보다' 잘 쓰고 싶다거나 잘 쓸 수 있다는 생각은 들지 않는다. 그보단 '하고 싶은 말이 있으니까 남들이 알아먹게만 쓰자, 솔직하게 써보자' 정도의 생각이다. 사람들을 웃기고 울리며 들었다 놨다 하는 글이나 물 흐르듯 세련된 전개의 글을 보면 물론 너무나 부럽지만, 그런 어려운 과제는 내가 감당할 수 없다고 일찍이 마음을 내려놓았다. 어쩌면 내겐 '업'보다는 '취미'의 영역에 가까운 것인지도 모르겠다. 혹은 글이 나와 오순도순 웃고 떠드는 친구 같은 존재라면, 그림은 마치 불같은 사랑을 하는 연인 같은 존재랄까! 내가 아는 어떤 소설가도 글을 쓰는 한편 그림 작업도 하는데, 그림을 그릴 때면 종종 힘을 풀고 놀듯이 그린다. 그 사람에게는 그림이 '업'이 아니라 '취미'이고 '친구'이기에 욕심 없이 술술, 툭툭 튀어나오는 것 아닐까.

글이 친구 같다고는 했지만 그렇다고 내가 글을 쉽게 쓴다는 말은 아니다. 3년이나 원고를 질질 끌었을 때처럼 글쓰기도 마감을 할 때마다 부끄럽고 숨고 싶다. 반면 그림은 다른 사람에게 보여줄 때 그런 느낌이 들지 않는다. '어떠냐, 잘 그렸지?' 이런 생각을 한다. 언젠가 내 글에 대해서도 '어떠냐, 잘 썼지?'라고 생각하게 되는 날이 올까? 아마도 영영 오지 않을 것 같다.

그림은 홀로 그리기에 편집자 역할은 없지만 내가 유일하게 의견을 듣는 사람은 있다. 그림을 완성하고 나면 가장 먼저 남편에게 보여준다. 남편은 그림을 그리지는 않아도 섬세한 안목을 지녀서 내가 신경 쓰지 못한 부분을 귀신같이 잘 찾는다. 어떻게 고치면 될지 구체적인 해결 방안까지 제시하며 "여기를 고쳐보면 어때?" 하는 부분을 다시 보면 정말 어딘가 비어 보인다. 남편의 의견에 따라 수정하고 나면 늘 그림이 더 나아졌다. 고마운 점은 내가 의견 듣는 걸 워낙 싫어하다 보니, 눈치 빠른 남편이 조심스레 이야기해준다는 것. 그리고 종종 내가 의기소침해지면 나의 장점을 상기시켜준다는 것. 예민한 여자가 눈치 빠른 남자와 살아서 얼마나 다행인지!

왠지 앞으로도 글 쓰는 데 있어 그림만큼 욕심이나 자존심이 강해지는 일은 없을 것 같다. 오히려 욕심이 없기에 계속 쓸 수 있을 것 같고, 쓰고 싶다. 글을 쓰면서 나와 다른 사람들의 새로운 면을 자꾸만 알게 된다. 그런 매력에 빠졌다. 아직도 하고 싶은 말을 다 하지 못한 것 같다. 가능하다면 계속 글을 쓰고 싶다. 그림과는 다른, 친구 같은 재미를 계속 느끼고 싶다.

애니메이션 감독이 될 수 있을까

그림이 애니메이션의 한 장면 같다, 지브리 감성이다, 라는 말을 많이 듣는데 그도 그럴 것이 내 꿈은 애니메이션 감독이었다. 여러 장르 중에서도 지브리처럼 장편 애니메이션을 만들고 싶었다. 곤 사토시와 미셸 오슬로 감독도 좋아했다. 내 그림이 배경은 사실적이지만 인물은 만화 같은 이유도 미래에 내가 애니메이션을 만든다면 어떤 장면을 그릴 것인지 혼자 실험해본 그림들이었기 때문이다. 언젠가 감독이 될 때를 대비해서 어디까지 이미지를 구축할 수 있는가 테스트해본 것이다.

원래 계획은 계속 실험을 해보다가 스스로 만족할 만큼 실력이 쌓이면 단편 애니메이션부터 차근차근 만들어갈 참이었다. 그런데 그림들이 하나하나 쌓이더니 세상 밖으로 나가 사랑을 받고 일러스트레이터로서의 포트폴리오가 됐다. 그 과정을 지켜보면서 속으로는 '일러스트레이터가 되려고 했던 게 아닌데? 이건 내 영화의 스케치일 뿐이야' 생각하기도 했다. 눈앞에서 벌어지는 일과 계획이 어긋나는 것을 보며 처음에는 부정하려 들었다.

그러고 보니 나는 애니메이션 감독이라는 꿈과 오랜 기간 조금씩 엇갈려왔다. 부모님이 맞벌이를 할 때 학교를 마치고 오면 오빠와 둘이 집에 있는 시간이 많았는데, 집에 있는 거의 모든 시간 동안 만화와 만화영화를 봤다. 아직도 기억나는 건 TV 화면 속 움직이는 그림을 보며 '나도 검은색 선에 단면 채색을 하고 싶다, 그림자에 색을 넣고 싶다'고 생각했던 일이다.

애니메이션 '감독'이 되고 싶다고 느낀 건 약간 다른 차원의 감각이 계기였다. 중학생 때 〈센과 치히로의 행방불명〉과 〈하울의 움직이는 성〉이 우리나라는 물론 전 세계적으로 사랑받는 것을 보며, 그 영향력이 부러워졌다. '아, 애니메이션을 잘 만들면 수천만 명의 사람이 봐주는구나. 그렇다면 나는 한국의 아름다움과 한국의 문화를 담은 애니메이션을 만들어 전 세계에 알려야지'라고 다짐했다. 애니메이션을 수단으로 생각한 것이다. 왜 그랬는지 모르지만 중고생 때 나는 한국의 역사를 세계에 알리겠다든가 세상에 나의 이야기나 이 세상의 문제들을 전하고 싶다는 생각을 자주 했다. 콘텐츠의 파급력에 반해 애니메이션 감독이 되겠다고 마음은 먹었지만……. 아버지의 이혼과 경제적인 형편 때문에 애니메이션고등학교나 예술고등학교로 진학하지 못했다. 미술학원도 다니지 않아 입시 사정에 대해서도 전혀 몰랐던 나는 아무런 준비도 하지 않은 채 시간을 흘려보냈다. 당연하단 듯이 그림이라는 꿈을 포기한 채 공부에 빠져들었고, 인문계 고등학교에 진학한 후로 그 꿈은 자연스레 멀어져갔다.

정치외교학과를 다니던 도중 예술가를 꿈꾸게 되었지만, 화가를 하고 싶은지 만화가를 하고 싶은지 영화감독을 하고 싶은지 갈팡질팡 오래도록 아무런 결정도 못 내린 채 몇 년을 보냈다. 그러다 스물대여섯 살 즈음 문득 어느 병원 로비에서 혼자 〈키리쿠와 마녀〉라는 애니메이션을 보다가 이 세상에서 가장 아름다운 예술은 바로 애니메이션 영화라는 강렬한 확신이 들었다.

그러고는 눈여겨보고 있던 '연필로 명상하기'라는 회사에 배경 아티스트로 지원했는데 덜컥 붙어버렸다. 1년 동안 배경 아티스트로 일하면서 정말 즐거웠다. 아직도 종종 꿈을 꾸면 회사 사람들과 애니메이션을 만드는 장면이 나올 정도로 좋았다. 비록 1년이었지만 그 시간의 존재감은 내 인생의 다른 1년보다 크게 느껴진다. 사람들과 하나의 장면을 위해 논의하고 가상의 세계를 만들기 위해 계속해서 상상하고 그걸 손끝으로 실현시키는 마법 같은 시간을 보내면서 나에겐 이 일이 천직이라고 생각했다.

당시 계획은 회사에서 계속 일하며 경력을 쌓은 후 영화 기획안을 통과시켜 자연스레 애니메이션 감독이 되는 것. 그런데 1년 후, 하루아침에 모든 직원이 회사를 나오게 되었다. 아마 투자 관련 문제였을 것으로 추측한다. 한동안 패닉에 빠졌다. 혼자서라도 애니메이션 감독이라는 꿈은 포기하지 않겠다며 퇴사 후 가장 먼저 한 일도 애프터이펙트 프로그램 강의와 인물 애니메이팅 수업을 듣는 것이었다. 스물여덟 살 때였다.

늦은 것일지도 몰랐다. 그래도 머릿속에는 늘 만들고

싶은 장면들이 둥둥 떠다녔다. 내가 애니메이션을 만들면 사람들을 놀라게 할 수 있다고 믿었다. 음악을 들을 때 산책을 할 때 아름다운 장면을 포착할 때 머릿속에선 나만의 애니메이션이 재생되었다. 내 안에만 있는 장면들을 빨리 끄집어내 세상에 보여주고 싶었다.

정말 애니메이션을 만들게 된 건 그로부터 2년이 지나 정부에서 지원하는 멘토링 사업을 통해서였다. 1년 동안 현업에서 일하는 감독님과 매주 만나며 애니메이션을 만들었다. 싱어송라이터 백아 님의 〈편지〉라는 곡의 3분짜리 뮤직비디오 영상이었다. 서른 살이 되어 처음으로 인물을 움직여봤고 처음부터 끝까지 나만의 작품을 만들었다. 어설프고 서투른 작품이지만 나한테는 어여쁘기만 했다. 어떤 기억들은, 그 시간이 너무 인상적일 때 그날부터 시간이 나아가지 않는 듯한 느낌을 준다. 그 시간으로부터 떠나고 싶지 않아서, 내 기억에 너무 깊게 박혀 있어서 몇 년이 지나도 그 시간만큼은 어제처럼 선명하게 남을 때가 있다. 언제든 다시 그런 시간을 살아보고 싶은 마음 때문에, 그때 느꼈던 충족감 때문에 오래도록 생생한 감정이 잊히지 않는 것이다. 내겐 백아 님의 애니메이션을 만들던 시간이 그랬다.

하지만 첫 작품을 선보인 후 또다시 패닉에 빠졌다. 여러 곳에서 좋은 제안을 받았음에도 혼자서 만들기 불가능한 분량이거나 예산 문제로 모든 프로젝트를 진행할 수 없었다. 외주 작업의 생태계에 지쳐 있던 나는, 가능하다면 남의 물건을 홍보해주는 광고보다 내 작품을 만들고 싶었다. 그런데 그 방법이 보이지 않았다. 희망찬 계획 대신 의문이 계속 들었다. 머릿속에서 멈추지 않았던 질문. '한국에서 애니메이션을 만들 수 있을까.' 국내에는 일하고 싶거나 들어가고 싶은 회사가 딱히 없었다. 그렇다면 혼자 애니메이션을 지속했을 때 과연 어디까지 할 수 있을까. 지금이라도 일본이나 미국에 가야 하는 것일까. 인터넷 창을 열고 매일같이 전 세계에 어떤 애니메이션 회사가 있는지, 다른 애니메이션 감독들은 어디서 뭘 하고 있는지 찾아보았다. 질문이 꼬리에 꼬리를 물다가 문득 슬픈 사실 하나를 깨달았다.

이 세상에 내가 일하고 싶은 애니메이션 회사는 '지브리' 단 한군데였다는 점이다. 내가 보고 싶은 영화,

그리고 싶은 장면은 지브리의 느낌뿐이었다. 그러나 슬프게도 미야자키 하야오가 2017년 은퇴를 번복하면서 사실상 생에 마지막일 작품을 만들기 위해 직원을 채용한 이후 더 이상 사람을 뽑지 않고 있다. 비슷하나마 다른 회사에 들어가 경력을 쌓으면 어떨까 생각해보기도 했지만 일하고 싶은 마음이 들지 않았다. 이미 서른이 넘은 나는 취향과 원하는 바가 너무도 확고했다. 유일하게 일하고 싶은 곳에서 일할 수 없다는 사실 때문에 조금 방황했다. 왜 이 시대에 이 나라에서 태어난 것일까. 유치한 한탄을 하느라 괴로웠다.

그러는 사이 먹고살기 위해 택했던 프리랜서 일러스트레이터로서의 삶이 쭉쭉 진행되었다. 쉴 틈 없이 바빴지만 마음 한편에서는 애니메이션 영화를 만들지 못하고 있다는 생각에 씁쓸했다.

애니메이션은 하루 종일 그림을 그려도 분량이 1초 남짓 나온다. 연출에 따라 다르겠지만 매일 열 시간씩 일해도 한 달에 만들 수 있는 최대 분량은 30초에서 1분가량. 5분짜리 단편을 만들려면 기획이나 수정하는 시간까지 최소 6개월에서 길게는 1년이나 걸린다. 사람을 고용한다면 그에 드는 비용까지 감당해야 한다. 선뜻 혼자서 용기 내 단편을 만들지 못하고 계속 미루는 이유다.

이렇게 엇나가고 있지만 아직 포기한 건 아니다. 요즘은 그림책이나 만화로 원작을 먼저 만든 뒤 나중에 애니메이션화하겠다는 꿈을 꾸고 있다. 제작은 회사나 팀이 필요한 반면, 원작을 만드는 건 혼자서도 할 수 있는 일이기 때문이다. 미래는 불분명한 상태다. 언젠가 애니메이션 감독이 될 수 있을까.

그냥 귀여우면 어때

어릴 때부터 조물조물 무언가를 만드는 것을 좋아했다. 가위를 들고 눈에 보이는 족족 머리카락은 물론 커튼이나 종이도 닥치는 대로 잘라대는 아이였다고 한다. 양말을 잘라 인형 옷을 만든다든가 인형들이 대머리가 될 때까지 미용을 해주었던 기억이 난다. 그에 대한 증거로 내 오른손 엄지에는 한두 살 무렵 칼에 베여 꿰맨 커다란 상처가 남아 있다.

인형도 직접 만들었다. 부직포라는 재료가 있다는 걸 알게 된 나는 문방구에서 빨간색과 노란색 부직포를 사 와 혼자서 토끼 인형을 만들었다. 머리와 몸통은 빨간색으로, 귀와 팔다리는 노란색으로 달아주고 바늘로 꿰맨 다음 솜도 구해 인형 안에 넣었다. 어디선가 검은

비즈를 사 와서 눈도 달아주었다. 엉성하고 딱딱한 인형이었지만 생애 처음으로 직접 만든 인형을 무척 예뻐했다.

초등학생 때는 엄마가 뜨개질을 가르쳐주었다. 학교를 마치고 집에 가는 길목에 아주 작은 뜨개질 상점이 있었는데 혼자 한참을 구경하다가 분홍색 실 한 볼을 구입해 인형의 가방을 만들어주었던 적도 있다.

미니어처 만드는 것도 좋아해서 고무찰흙으로 인터넷사이트에서 본 것을 똑같이 재현하기도 했다. 어린 나이에도 해외 사이트에서 만드는 방법을 찾아 흉내내곤 했다. 지름 5밀리미터 정도의 키위, 귤, 바나나, 딸기, 포도를 만들고 양탄자를 등에 두른 코끼리나 원숭이, 강아지도 곧잘 만들었다. 아주 작은 나의 우주를 본 엄마는 내가 만든 것이 기막히게 정교해서 부모님들 특유의 호들갑을 살짝 섞어 '이 아이는 천재구나' 생각했다고 한다.

초등학생과 중학생 시절 내내 인형을 좋아하고 만드는 일은 꽤나 꾸준히 이어졌다. 코바늘 인형이나 봉제 인형을 만들어 판매하는 사이트나 작품을 보여주는 개인 홈페이지를 문자 그대로 매일매일 방문했다. 수입

천이나 퀼트 재료를 파는 온라인쇼핑몰에도 자주 들락거렸다. 적게나마 용돈이 생기면 인터넷으로 조금씩 실, 천, 바늘을 샀다. 스스로 제법 잘 만든다고 생각했고 실제로도 꽤 잘했던 것 같다. 노트엔 늘 인형 디자인이 가득했고, 나도 봉제 인형을 만들어 팔아야겠다고 생각했다. 홈페이지 만드는 법을 알아본 뒤 숍을 열려고 했을 정도다. 노트엔 '당당 토끼'라든가 '납작 고양이' '두부 인형' 같은 이름을 지어 인형을 상품화하고 가격을 적어두기도 했다.

사춘기를 겪던 중학생 때도 공부를 열심히 하던 고등학생 때도 꾸준히 인형을 만들었다. 요즘도 그 시절 친구들을 만나면 "그때 네가 준 인형 아직도 갖고 있어"라면서 인증 샷을 보여준다.

그 취미는 대학생까지 이어졌다. 대학생 때는 아예 홍대 플리 마켓에 작가 신청을 해서 인형을 팔러 다녔다. 모두 하나하나 손바느질로 만들었기 때문에 손바닥보다 작은 인형을 만드는 데 세 시간이 넘게 걸렸다. 그래서 인형 가격은 아주 작은 것도 만 원을 넘어가기 일쑤였는데, 그럭저럭 나쁘지 않게 팔렸다. 정말 돈이 급할 때 용돈벌이가 되어주었다. 스물두셋 무렵부터 인형 만들기는 그만두었지만 아직도 인터넷에서 손바느질로 만든 인형들을 발견하면 꼭 사진첩에 따로 저장해둔다. 어릴 때처럼 만들고 싶은 인형들을 종종 노트에 디자인해두기도 한다. 요즘은 바느질보다 뜨개질에 더욱 빠져든 상태. 마감이 끝난 직후에는 실 바구니를 꺼내 여름옷과 겨울옷, 가방과 양말을 뜬다.

좋아하는 것, 취미가 죄다 이런 쪽이다. 목공이나 도자기로 만든 인형에도 관심이 많다. 한자리에 앉아 무언가를 끼적이고 만드는 일도 장난감 가게에 가는 것도 좋아한다. 본업이 그림이지만 취미도 결국 무언가를 만드는 일인 셈이다. 타이밍이 좋았다면, 충분히 취미 이상이 될 수도 있었다고 생각한다. 한때 뜨개질에 심취했을 때 남편이 "이러다 본업이 뜨개질이 되는 거 아니야?" 걱정 반 장난 반으로 이야기할 정도였다. 솔직히 말하면 그럴 마음이 없는 것도 아니었다. 만약 내가 그림에 소질이 없었다면 아마 공방을 차리거나 장난감과 인형을 만드는 사람이 되었을지도 모른다. 그림을 그리다 안 팔리는 시점이 오거나 인기가 떨어지는 날이 오면 어쩌지, 상상할 때가 있다. 그러면 인형을 만들

두부를 좋아해서
만든 두부 인형

표정과 컬러가
다양한 갈래머리 인형

손가락 인형

처음으로
옷의 프릴도 단
열다섯 살 때
만든 인형

두부 두부

여덟 살 때 부직포로
만든, 생애 첫 인형

도안 구하는 법을 몰라
눈대중으로 창작한 테디베어

어 팔면 되지 않을까, 인형 작가를 하면 되지, 생각하곤
한다.

　그 좋아하던 인형 만들기를 그만둔 건, 아마 사회 활
동을 시작했을 무렵이었던 것 같다. 알바에 사회 활동
에 학과 생활까지. 너무 바쁘기도 했지만 뭐랄까, 귀엽
고 무의미한 것에 기울일 관심과 에너지가 남아 있지
않았다. 온갖 것에 대한 의미를 고민해야 했다. 세계,
경제, 상대적빈곤 같은 것을 공부하다 보니 단순한 즐
거움을 위해 사는 것이 부자연스럽고 이질적으로 느껴
지곤 했다. 내가 사는 세계와 동떨어진 관심사처럼 보
였다. 무의미한 예쁨을 추구할 때면 왠지 모를 죄책감
까지 느껴졌다(아무도 그러라고는 안 했는데). 사회에 도움
되는 무언가가 아니라 인형 '따위'를 만든다는 게 무소
용한 일 같았다. 그때는 모든 행동과 삶의 이유를 '사회
적인 의미'에서 찾으려고 했다.

　어릴 때부터 인형을 좋아했던 이유는 다른 게 아니
었다. 그냥 귀여워서였다. 만드는 과정이 행복해서였
다. 인형을 만들면 바느질, 귀여움, 즐거움 그 이상의
것은 떠올릴 수도 떠올릴 필요도 없다. 단지 귀여운 것

을 갖고 싶어서 만든다. 그뿐이다. 예쁘고, 가지고 싶고, 보면 좋다. 물론 의미를 찾으라면 더 길게 이야기할 수 있겠지만 가볍게 들여다보자면 묵직한 의미와는 무관한 존재처럼 보인다. 오직 순수한 감정과 기쁨을 위해 존재하는 것.

이제는 귀여운 인형과 물건을 만들고 갖는 일이 무의미하다고 말하기 싫다. 오히려 '무의미한 귀여움을 사랑하고 좇을 거야!' 외치고 싶다. 장난감 가게를 갈 때마다, 빨간 스웨터를 입은 뽀글뽀글한 곰 인형을 볼 때마다, 커다란 눈망울의 목각 고양이 인형을 볼 때마다 '나에겐 이런 게 필요해. 사랑스럽고 좋아!' 하며 온전히 마음을 주고 싶다. 마음이 동동 뛰는 걸 어떻게 막을 수 있단 말인가.

하지만 좇겠다고 외치고 싶다는 건, 결국 좇지 못하고 있다는 말. 무의미한 것을 좋아하는 일에 아직도 눈치를 보고 있는 나(아무도 눈치 보라고 안 했는데). 이제는 나의 애정을 적극적으로 표출해야겠다. 귀여운 것들과 눈을 마주칠 때마다 내가 만드는 무언가가 사회적 가치가 있고 교훈적이어야 한다는 의무감에서 조금씩 벗어나야겠다. 장난감은 장난감이라는 것, 놀이는 오직

즐거움을 위한 것이고 귀여움은 순수한 기쁨 그 자체
라는 것을 자꾸 잊지 않고 기억하고 싶다. 어릴 적 즐
거움을 다시 되찾고 싶다.

보통 사람들

『보통의 것이 좋아』가 출간되고 나서, 이런 질문을 들은 적이 있다.

"작가님은 기분, 감정이 거칠고 극적일 때가 없으신가요? 따뜻하고 평온한 그림을 응원하는 사람들의 울타리 안에서 힘들지는 않으셨나요? 매일이 보통의 날일 수만은 없을 테니 날카로운 순간을 마주하면 밀고 당기시는지, 아님 그대로 두고 가만히 지켜보시는지 궁금합니다."

아, 이런 질문이 나올 수도 있겠다 싶었다. 보통의 순간이 얼마나 소중한지 잔뜩 찬양해놓았고 내 그림도 대부분 다정하며 평화로운 분위기이니. 나에게는 어떤 날카로움이 있을지 물어보는 마음이 이해됐다. 나는 이렇게 답했다.

"『보통의 것이 좋아』는 산책에 대한 찬양, 거기서 발견한 일상과 보통의 소중함을 이야기한 책인데요. 제가 이런 책을 쓴 이유는 평소의 제가 보통의 상태가 아니어서 '보통을 좋아하고 싶다'는 선언을 하고 싶었기 때문인 것 같아요. 저는 늘 특별해지고 싶었고, 그래서 괴로웠어요. 대단해지고 싶어서 너무 많은 번민과 생각을 하느라 항상 날카로웠어요. 타고난 예민함 때문에 넘치는 감정을 다스리기 힘들었어요. 그렇기에 자꾸 일상에서 소중한 것을 찾고자 애쓸 수밖에 없었어요. 소중한 것의 목록에 산책과 일기, 그림, 독서가 있고 이것들을 계속 번갈아 가며 방문하면서 자꾸 보통이 되려고, 평화로워지려고 했어요."

그림을 다시 시작하기 전에는 멀리, 높이 가고 싶었다. 사회적인 성공을 해야만 하는 줄 알았다. 욕심이 많은 아이였다. 화가가 된다 해도 당연히 1등이어야 했고, 부모님이 공무원을 해보라고 권할 때는 5급 공무원부터 도전해야 된다고 생각했다. 고등학생 때 〈도전! 골든벨〉에 나간 적이 있는데, 아나운서가 "반지수 학생의 꿈은 뭐냐"고 물었을 때, UN 총장이 될 거라고 말했다. 늘 꿈이 너무 커서 문제였다.

휘황찬란했던 소망은 대학생이 되어 우수수 무너져 내렸다. 정치외교학과에 들어갔을 때 친하게 지낸 선배들은 내가 몰랐던 세상을 알려주었다. 한 번도 관심 주지 않았던 세상의 풍경을 보여주었다. 언론에서 주인공으로 비춰주지 않던 다양한 사람들, 나사를 만드는 사람, 자동차를 만드는 사람, 우체국에 다니는 사람, 학교 급식을 만드는 사람의 삶과 처지를 알게 되었다. 그런 사람들을 보며 세상을 알아갔다. 어떤 선배의 표현에 따르면 "'구글링'에 절대 담기지 않는 삶"이었다.

가장 흔한 사람들의 이야기가 가장 숨겨져 있었다. 나는 더욱더 구글링에 담기지 않는 삶들을 만나려고 했다. 소수의 대단하고 똑똑한 사람들만 이 세상을 만드는 것이 아니라 모두가 각자의 자리에서 자기 역할을 하기에 이 세상이 굴러간다는 것도, 항상 빼앗기는 사람들이 자신의 목소리를 내면 이 세상에 없던 것을 만들어내기도 한다는 사실도 새삼 알게 되었다.

하염없이 산책을 다니던 시절, 내 눈에 들어온 것은 보통 사람들이었다. 시장에서 과일을 파는 아주머니, 열쇠 가게 사장님 그리고 포클레인 기사인 아버지와 곶감 농사를 짓는 어머니를 늘 곁에서 바라보았다. 그제야 깨달았다. 내가 사랑하는 사람들은 모두 지극히 보통 사람들이었다. 내가 사랑하는 풍경도 모두 보통의 풍경들이었다.

길을 걷다 자동차를 보면 마치 자동차 주변에 어떤 투명한 형체가 보이는 것만 같았다. 이 자동차를 만들었을 사람들의 형체였다. 빌딩을 볼 때도, 작은 연필을 볼 때도 마찬가지였다. 물건을 만드는 사람들의 모습이 떠올랐다. 식당에 가면 식당에서 일하는 분들이 보였고, 책 한 권을 받아 들면 이 책이 나오기까지 거쳐 갔을 수많은 노동자가 보였다. 종이를 만드는 사람부터 인쇄소 기사님, 편집자, 디자이너, 마케터 그리고 운송 기사님……. 세상을 구경하고 산책하는 동안 이 세계를 만든 사람들의 형체가 눈에 들어왔다.

그러면서 최고가 되는 것만을 하나의 선인 것처럼 받아들이는 시선에 어색함을 느끼기 시작했다. 서울대를 나오셨다고요? 짝짝짝. 건물주라고요? 짝짝짝. 그런 사람들에게 찬양 일색인 방송들을 보는 게 어색해졌다. 물론 성공에 대한 강박이 떨어져 나간 후에도 그림에서만큼은 다시 가슴이 활활 불타오르고 잘하고 싶

어여쁜
모습들

어 안달 내는 기질은 남아 있었다. 어떻게 해도 승부욕
만큼은 사라지지 않았는데, 그건 세상으로부터 온 것이
아니라 태어날 때부터 갖고 있던 기질일지도 모른다.
다만 세상 전체가 하나의 정답을 내세우는 것에서 위
험을 감지했다.

　어쩔 수 없이 나는 늘 작은 인생들에 렌즈를 갖다 대
게 되었다. TV에서 본 매끄럽게 다듬어진 아름다움이
아니라 길거리에서 본 소박한 아름다움을 더욱 끄집어
내 그리고 싶었다. 그런 이미지의 비율을 높이고 싶었
다. 이 세상 모든 이미지의 파이에서 작은 사람들의 모
습을 자꾸 더 끄집어내자. 대단하지 않아도 기쁜 순간,
화려하지 않아도 따뜻한 순간을 더 많이 남기자. 강아
지와 산책하는 사람, 뛰어다니는 아이와 자식을 흐뭇하
게 바라보는 부모님의 모습 같은 것들을.
　어느덧 영화를 볼 때도 주인공이 아니라 주변 사람
들에 더욱 주목하게 됐다. 다른 예술에서는 엑스트라인
사람들을 내 그림에서는 주인공으로 만들고 싶었다. 그
렇게 '보통 사람들'을 그리게 된 것이다.
　그런데 왜 인물이 아니라 풍경이 강조되는 그림을

그릴까. 아마도 본능적인 관심사 때문이 아닐까 싶다. 아름다운 공간, 추억이 남아 있는 공간의 이미지를 늘 동경해왔다. 어릴 때는 집에 있는 인테리어잡지를 보는 게 가장 재미있었고 집이나 골목길의 풍경에 끌렸다. 무언가를 보면 그 순간을 기록하고 싶은 충동을 느끼는 본성도 내가 풍경 그림을 그리는 데 영향을 끼쳤을 것이다.

이상하게도 오래된 벽돌이나 기와집, 나무와 골목길을 보는 일이 행복했다. 영화에서도 등장인물의 얼굴이나 자막 대신 방을 보느라 흐름을 놓치기도 한다. 애니메이션 회사에서 배경 아티스트로 근무했던 것도 필연이었을지 모른다. '인물이 있는 공간을 어떻게 구성할 것인가'가 나의 주된 관심사였기 때문이다. 실내든 실외든 삶이 묻어 있는 포근하고 아름다운 공간을 보면 그 모습을 이미지로 기록해 두고두고 꺼내봐야겠다는 생각이 든다.

그런 사진첩 같은 그림을 그리고 싶었다. 소중한 기억들을 잃어버리지 않으려고 셔터를 누르는 것처럼 풍경과 사람들을 그리고 싶었다. 후지필름에서 아주 작게 그림을 전시한 적이 있다. 전시 제목은 '가장 내 곁의 빛들'이었다. 다음 화집도 이 제목을 그대로 쓸 것이다. 멀리 있는 것이 아니라 가장 내 곁에 있는 빛을 주섬주섬 담아 모아 그림으로 남겨두고 싶다. 앞으로도!

언제나 영감

아주 어릴 때 좋아했던 특정한 그림이 있었던가 하나도 기억나지 않는다. 집에 있는 그림책과 만화책을 좋아했지만, 그냥 그림이니까 좋았던 거지 '이 그림이 좋아!'라는 감각은 아니었던 것 같다. 어떤 그림이었든 상관없었을 것이다.

기억 속 나의 첫 취향은 초등학생 시절 만난 '타샤 튜더'와 '해리 포터', 그다음은 '빨간머리 앤', 공통점은 모두 빈티지한 매력일까. 그리고 필름 카메라와 인형 같은 걸 좋아했다. 어른이 되어서도 오래된 물건이나 오래된 공간을 좋아했다. 모던하고 새로운 것을 보면 오히려 학을 떼며 지루해했다. 그림도 요즘 사람들이 그린 것보단 옛날 그림 쪽을 선호한다. 1980년대 이

전 만화나 애니메이션 그림체는 입이 다물어지지 않을 정도로 좋다. 하지만 옛날 그림이 좋다는 것도 어른이 되고 나서의 이야기고, 그림에 대한 취향은 중학생 때도 고등학생 때도 전혀 잡혀 있지 않았다. 그림보다는 사진을 좋아했다.

'누구의 그림이 좋아'라고 단언할 수 있게 된 건 스무 살이 넘어서의 일. 대학교에 들어가 학교도서관 미술 서가를 어슬렁거리다 인상주의 미술에 빠지기 시작했다. 서양화 중에선 클로드 모네와 에드워드 호퍼, 앙리 마티스를 가장 처음 좋아했다. 나중에는 장 미쉘 바스키아, 앙리 루소를 동경했다. 반 고흐의 그림은 언제부터인지 기억하지 못할 만큼 늘 마음에 품고 있어서 지망생 시절 드로잉을 할 때 가장 많이 베끼고 따라 했다. 이들을 좋아한 가장 큰 이유는 묵직한 질감으로 꽉 채운 색감 때문이었다. 만약 나도 그림을 그린다면 그들의 감각과 색감으로 캔버스에 그리고 싶었다. 언젠가는 그들처럼 '화가'가 되고 싶었다.

그러다 이십대 중반에 그래픽노블과 애니메이션의 세계에 눈을 뜨면서 어릴 때 만화를 좋아했던 감각이 뒤늦게 되살아나기 시작했다. 가장 인상 깊었던 건 〈페

르세폴리스〉와 〈키리쿠와 마녀〉. 〈키리쿠와 마녀〉를 보고 미셸 오슬로 감독에게 빠져 애니메이션 감독이 되겠다 마음먹기도 했다. 오히려 지브리의 영화 중 대다수를 다른 영화들보다 늦게 봤다. 거의 이십대 중후반 즈음에서야 지브리 영화를 몰아서 봤다.

지브리 영화를 보면서는 늘 알 수 없는 긴장감을 느꼈다. 내가 사람을 그리면, 배경을 그리면 나도 모르게 자꾸 지브리처럼 그리게 됐다. 지브리에서 사용하는 색감과 느낌이 좋았고 아무리 다른 방식으로 나의 스타일을 찾으려고 해도 나도 모르게 지브리 느낌으로 귀결됐다. 매우 당황스러웠다. 내 취향의 종착점은 결국 여기란 말인가. 나만의 것을 만들고 싶은데 어떻게 그려도 이쪽으로 향한다면 결국 이런 그림을 그려야 하는 것 아닌가.

그림이 '일본스럽다'는 얘기를 종종 듣는다. 어릴 때부터 일본 만화를 보고 자랐지만 일러스트나 회화에 영향을 받은 것은 나중 일이다. 분명 나는 서양화를 더 좋아했었는데 나도 모르게 자꾸 일본 미술의 영향 아래에 놓이는 경험을 했다. 우키요에나 일본 일러스트레이터들의 그림을 알고 나서부터였다. 설명할 수 없는 힘으로 그들의 그림에 끌렸다. 간결하면서도 모든 걸 담고 있는 구도와 디자인 그리고 적은 색으로 화려함을 표현하는 단호함에 경악하듯 이끌렸다. 일본 그림에서 가장 끌리는 부분은 섬세한 선과 과감한 색의 조화다. 어느 나라 사람이 그린 것인지 모르고 그림책을 골랐을 때도, 색감이 예뻐 집어 들었을 때도 일본 작가의 그림이었던 적이 많다. 어째서 자꾸 이런 우연이 겹치는지 신기할 정도다. 나중에 고흐나 마티스, 모네, 피에르 보나르 등 내가 좋아하는 서양 화가들도 일본 우키요에에 큰 영향을 받았다는 사실을 알게 됐다. 그래서 내가 그들의 그림을 좋아했나. 묘했다.

우키요에는 사실적으로 표현하지 않으면서도 회화적으로 아름다워서 볼 때마다 감탄을 금치 못한다. 지금도 계속 꺼내보고 내 지향점으로 삼고 있다. 만약 돈 걱정 없이 온전히 하고 싶은 걸 할 기회가 온다면 일본으로 가서 우키요에를 배우고 싶다는 생각이 가장 먼저 들었다. 그 정도로 나에게는 엄청난 영향을 끼쳤다. 요즘도 습관처럼 가쓰시카 호쿠사이와 우타가와 히로시게의 화집을 꺼내 본다. 그토록 많이 봤는데도 항상 새로운 것을 배우는 듯하다.

한편 내 그림의 배경은 99퍼센트가 한국인데도 '일본 애니메이션 같다'는 말을 들으면 복잡한 기분이 든다. 물론 애니메이션 회사에 다녔을 때 배운 스킬을 사용했고, 애니메이션 감독이 되고 싶어 그렸던 그림들이었기에 그런 느낌이 들 수는 있다.

그런데 한번은 그것을 문제 삼는 사람이 있었다. 어느 날 내 블로그에 "왜 일본 집을 그리냐"는 댓글이 달렸다. 하지만 그 사람이 지적한 그림은 용산과 성산동의 풍경을 섞은 것이었다. 내가 한국 풍경이라고 말하자 "아니다, 일본이다"라며 한참을 우겨댔다. 나도 지고 싶지 않아 "한국이 맞다"며 자료 사진까지 보내주었다. 그제야 꼬리를 내리면서 "미안하다. 평소에 일본이 싫어서 그랬던 것 같다"는 댓글을 남기고 사라져버렸다.

한동안 마음이 어지러웠다. 오히려 되묻고 싶었다. 나라가 싫다고 예술까지 싫어해야 하는 걸까. 예술을 사랑하는 일은 국경을 따질 수 없는 것 아닐까. 많은 외국인이 한국의 영화와 드라마에 감탄하듯 나 또한 한 명의 외국인으로 다른 나라의 멋진 예술에 감탄한다. 이건 '감각'과 '느낌' 그리고 '영감'의 문제인데 한국인이라서 특정 국가의 영향을 일부러 배제할 수는 없는 노릇이다. 예술을 사랑하는 데는 한국인이라는 점은 온데간데없이 사라지고 '지구인'이라는 사실만 남는 느낌이다. 그림이 좋다면 어느 나라든 누가 그린 그림이든 좋아하는 마음은 숨기기 어렵다. '웬수'가 그린 그림이 내 취향이라면, 그림은 그림대로 사랑할 수밖에 없는 것이다. 의사회에도 사랑에도 국경이 없듯 예술에도 국경이 없는 것 아닐까.

　물론 좋아하는 작가는 다른 나라에도 많다. 가장 오래 좋아해온 작가는 록웰 켄트. 그리고 하야시 아키코와 곤도 요시후미, 로렌초 마토티, 크빈트 부흐홀츠, 앤서니 브라운처럼 이미 그림사에 한 획을 그은 일러스트레이터들의 그림도 사랑한다. 볼 때마다 존경심이 들고, 본받고 싶어 정신을 번쩍 차리게 된다. 켄트의 밤하늘과 인물의 형태, 흑백으로 이루어진 명백한 아름다움이 좋다. 마토티의 그림을 보면 형태와 색감에 허를 찔리는 듯한 기분이 든다. 그리고 프랑스의 뫼비우스, 기 빌루, 장 자크 상페도 오래도록 사랑해왔다. 피에르 봉콩팽과 파블로 피카소도 빼놓을 수 없다. 우연히 들어간 미술관에서 에곤 실레와 구스타프 클림트 그림을 본 후로는 클림트에 푹 빠졌다. 그 경험은 나름대로 충격이었는데, 클림트 그림을 아주 오래전부터 봐왔어도 도판으로 볼 때는 그렇게 좋아하지 않았기 때문이다. 그런데 실제 그림을 보고 홀린 듯 사랑에 빠져버렸다. 갑자기 들이닥친 애정에 급하게 클림트를 공부하며 감탄하고 있다. 조르주 브라크도 비슷한 경우다. 실물 그림을 보고 나서 도판을 볼 때는 느끼지 못했던 감정을 느껴 좋아하게 됐다. 원래 알고 있던 화가의 그림을 삼십대가 되어서 새로이 좋아할 수도 있다는 것을 처음 알았다. 바스키아는 원래도 좋아했는데 전시회에 가서는 이루 말할 수 없을 정도로 반하고 말았다. 바스키아 같은 그림은 백번 죽었다 다시 태어나도 그릴 수 없을 것이다.

동양화라면 작가의 이름은 일일이 기억하지 못해도 거의 다 좋아하는 편이고, 가끔은 도시오 사에키나 이토 준지처럼 야하고 어둡고 축축한 그림도 형태와 색감이 아름답다면 열렬하게 좋아한다. 데이비드 호크니와 에드바르 뭉크, 프란시스코 고야도 취향까진 아니지만 닮고 싶은 부분들이 있어 흠모한다. 열거하자면 끝이 없다.

주로 검은색 실선을 깔끔하게 잘 쓰거나 색감의 존재감이 두드러진 그림에 끌리는 것 같다. 주제는 무엇이든 상관없다. 추상화보단 구상화가 좋다. 유화는 한색 계열을 보면 감동하는데 일러스트는 난색 계열을 보면 더욱 빠져든다. 왜 그런지는 나도 모르겠다. 놀라운 건 아직도 새로운 화가들을 매번 발견한다는 사실이다. 외국에 가면 빼놓지 않고 미술관이나 서점에 방문하려는 것도 그 이유에서다. 이제는 내가 좋아하는 작가가 거의 고정된 줄 알았는데, 서점에 갈 때마다 새로운 그림들이 자꾸자꾸 눈에 띈다. 최근에는 우연히 들어간 일본 고서점에서 아야노 다다의 개인전을 보고 완전히 매료되었다.

나는 그림을 그리는 사람이기도 하지만 그 전에 그림을 너무나 사랑하는 사람이다. 그림을 보는 일과 사랑하는 일은 왜 이토록 지겨워지지 않을까. 모니터로 보아도 책으로 보아도 미술관에서 보아도, 봐도 봐도 행복할 따름이다. 한 명의 미술 애호가로서 늘 새로운 그림을 기다리고 있다. 아름다운 그림을 보며 깜짝 놀라고 싶다. 그런 마음으로 세계 이곳저곳의 화가들을 찾고 또 찾는다.

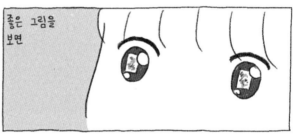

좋은 그림을
보면

가슴이
두근거린다.

좋은
그림을
그리고
싶어진다.

2

종이 앞에서는 거짓말을 할 수 없다

의뢰와 창작의 줄타기

　다섯 시간째 거실 소파에 멍하니 누워 있었다. 창밖은 화창했다. 평소 같으면 맑은 하늘에 마음이 들떴을 테지만 관심이 가지 않았다. 나가고 싶지 않았다. 불 꺼진 거실에서 무표정으로 휴대폰 화면만 보았다. 유튜브와 인스타그램과 트위터와 배달 앱을 쉴 새 없이 번갈아 가며 스크롤을 내렸다. 나는 무언가를 찾고 있었다. 찝찝한 불쾌감을 몰아낼, 무기력함을 끝장낼 어떤 문장이 있지 않을까, 남들은 삶의 어떤 문제를 어떻게 해결하고 있을까, 뭐라도 먹으면 기분이 풀릴까. 맛집, 연예인, 유명한 사람들의 소식을 걸리는 대로 눌러댔다. 무엇을 해야 할지 모르겠다. 뭘 그려야 할지도 모르겠다. 마음이 꼭 텅 빈 것만 같았다. 그림을 그리지 않은 채 몇 달을 보냈는지 기억나지 않았다.

아니, 몇 달 동안 매일같이 그림을 그렸다. 나의 그림이 아니라 다른 이들을 위한 그림, 즉 의뢰받은 그림들을 그렸다. 일을 잔뜩 해치우고 나면, 꼭 이런 시간이 찾아왔다. 통장은 두둑해졌을지언정 나는 무언가 소진돼버린 느낌에 아무것도 할 수 없게 되는 시간 말이다. 그때마다 당황스러웠다. 나는 왜 단순하지 못할까. 돈을 벌기 위해 일한다는 단순한 명제가 왜 나에게는 늘 어렵고 복잡하게 느껴질까. 왜 쿨하게 일하지 못할까. 며칠 뒤부터 또다시 몇 번의 마감을 해야 한다는 현실을 떠올리자 거실 소파에서 몸을 일으킬 최소한의 힘마저 훨훨 날아가는 것 같았다. 일러스트레이터가 되고 나서 '마감 폭풍'이 휘몰아친 다음에는 주기적으로 공허함을 느껴왔다. 그럴 때면 생각했다. '내 그림을 그리고 싶다.'

일러스트레이터가 하는 일은 크게 세 가지다. 첫 번째는 개인 작업, 즉 누가 시키지 않아도 자신의 세계를 보여주기 위한 창작 활동이다. 결과물이 모이면 출판이나 전시로 이어지며 작품을 판매하기도 한다. 두 번째는 외주 작업, 즉 기업이나 출판사에서 의뢰받아 그림을 그리는 일. 세 번째는 강의, 굿즈 판매 등 부가적인 일들이다. 작가마다, 개인의 성향과 상황에 따라 세 가지 일의 비중과 중요도는 다를 것이다.

나 역시 전부 하고 있지만 이 중에서 가장 좋아하고 또 중요하다고 생각하는 일은 개인 작업이다. 애초에 자신의 세계를 보여주는 창작물이 있었기에 작가가 되었고, 원하는 무언가를 자유롭게 만드는 일이 가장 즐거워서기도 하다. 나는 풍경 일러스트를 지속적으로 창작하는 한편, 여러 책들을 기획하고 작업하면서 종종 애니메이션도 만든다.

그런데 내가 개인 작업을 중요하게 생각하는 것과는 달리 지금까지는 항상 외주 작업을 하는 데 가장 많은 시간을 써왔다. 즉각적인 수입원이 되어주기 때문이다. 특히 최근 2~3년 동안은 외주 작업의 비중이 유독 높았다. 가장 많이 작업한 것은 책 표지화. 바쁠 땐 한 해에 서른 권 정도의 책 표지를 작업하기도 했다. 그사이 '나의 그림'은 다섯 장도 그리지 못했다.

요즘은 '일러스트레이션'이라는 말의 폭이 아주 넓어졌지만, 본디 일러스트레이션은 '삽화'를 뜻하고, 일러스트레이터도 실은 제안을 받고 그림 그리는 사람을 뜻했다. 그러니 외주 작업을 주로 하는 것은 당연해 보인다. 그래도 나는 어떻게 내 삶에서 의뢰받는 일을 줄여나갈 수 있을지를 늘 고민한다.

어렸을 때 책 속의 삽화를 보고 삽화가가 되겠다고 꿈꾼 적도 있었다. 하지만 대학생이 되어 다시 그림을 그리고 싶어졌을 때는 더 넓은 의미의 '화가 같은 사람'이 되고 싶었다. 혹은 영화감독이나 애니메이션 영화감독이 되길 원했다. 내가 되고 싶은 직업의 공통점은 '자신이 원하는 것을 만드는 사람'이었다. 자유로운 일이어야 했다. 외주 작업은 '타인이 원하는 것을 만들어주는 사람'이니, 내가 궁극적으로 하고 싶은 일과는 거리가 있었다.

하지만 내 뜻과는 별개로 여기저기서 쉬지 않고 일이 들어왔다. 그림을 다시 그린 지 얼마 안 된 지망생 시절부터 외주 작업을 해왔다. 애니메이션 감독이 되고 싶어 애니메이션 회사에서 1년 정도 일했으나, 회사 사정으로 다시 프리랜서 일러스트레이터가 되었다. 애니메이션 감독을 꿈꾸며 포트폴리오로 그려두었던 풍경 그림들을 보고 또 작업 의뢰가 들어왔다. 어차피 돈은 벌어야 했으니 작업을 계속 수락했다. '일러스트레이터가 되어야지!' 생각한 적은 없지만, 들어오는 일을 하다 보니 자연스럽게 일러스트레이터가 되어 있었다.

그래서 한동안은 일러스트레이터라는 직업관에 대해 아무것도 정립하지 않은 채 일을 했다. 터무니없는 금액으로 일한 적도 많고, 내 스타일과 다른 일감을 받아도 따로 그림체를 공부해서 결과물을 만들어내기도 했다. 매번 고비였다. 수정을 요청받을 때마다 울면서 고쳤다. 일이 들어오면 수입이 생겨 좋았지만 능력이 안 돼 감당할 수 없다는 느낌이 들 때면 괴로웠다. 내가 그렸는데 내가 그렸는지 아무도 몰랐고, 커리어로 내세울 만한 일들도 아니었다. 단지 돈을 벌기 위한 수단이었다. 보람을 느끼지도 못했다.

그런데 근 3~4년 전부터 책 표지 작업이 들어왔다. 지망생 시절부터 책 표지 작업은 꼭 해보고 싶었다. 다른 외주 작업들보다 단가가 높았고 책의 얼굴이 된다는 게 멋져 보였다. 서점에 가면 '나도 잘할 자신 있는데 왜 책 표지 작업이 안 들어올까?' 생각했었다. 그런데 포트폴리오가 쌓이자 점점 책 표지 일이 들어와 이제야 좀 일러스트레이터다운 일을 하게 되었다고 느꼈다. 하나둘 작업하는 도중에 좋은 일이 생겼다. 내가 표지를 그린 『불편한 편의점』이 오랜 시간 문학 분야 베스트셀러 1위 자리를 지켰고, 덩달아 『어서 오세요, 휴남동 서점입니다』『책들의 부엌』『달팽이 식당』 등 여러 소설이 베스트셀러 상위권에 이름을 올렸다.

일을 하면서 처음으로 실력 면에서 보람을 느끼기도 했다. 5~6년 전만 해도 결과물을 만들어내기 힘겨워했는데 날이 갈수록 점점 실력이 좋아졌다. 상대적으로 작업하기가 수월해졌다. 거기다 많은 사랑과 관심도 받았다. 좋은 원고를 만나면 욕심이 나서 일을 계속 해나갔다.

그런데 이렇게 자랑할 만한 성과를 보였음에도 나는 또다시 예전처럼 외주 작업으로부터 도망갈 궁리를 시작했다. 예전이야 돈도 명예도 못 얻고 실력도 부족해서 도망가고 싶었다 치자. 하지만 결과도 꽤 마음에 들고 대외적으로 좋은 결과를 이끌어냈는데도, 왜 마음은 자꾸만 허해질까. 인터뷰에선 책 표지가 사랑을 받아 좋다고 말했고 또 실제로 좋았지만, '정말로 내가 이 일을 사랑하고 좋아하고 있을까?'라는 물음에 솔직하게 대답할 자신이 없었다.

외주 작업을 계속하다 보면 내가 원래 뭘 하고 싶었던 사람인지 스멀스멀 잊게 된다. 책 표지를 그리기 위해 힘껏 달리며 그 책의 세계 속에 들어갔다가 나오면 멍해진다. 며칠 뒤 새로운 책을 하나 시작한다. 끝나면 또 멍해지고 다시 일하고의 반복이었다. 물론 의뢰를 받으면 최고의 표지를 만들어내겠다고, 내가 그리는 책이 가장 돋보여야 한다고, 엄청난 걸 보여주겠다는 생각으로 노력한다. 하지만 매번 새로운 과제, 새로운 클라이언트를 상대하는 와중에 내가 원하는 작업을 할 에너지는 도저히 생기지 않았다.

의뢰받는 일은, 과정은 창작이지만 시작은 창작이 아니다. '이 그림을 그려야겠다'는 생각이 나에게서 나오는 것이 아니기 때문이다. 창작 의도가 다른 사람에게서 나온다. 그러니 자아를 실현하는 것이 아니라 타인의 의지를 실현시켜주어야 한다. 외주 작업을 하면서 내 것을 병행할 수도 있을 줄 알았지만 막상 해보니 생각만큼 쉽지 않았다. 내가 만들고 싶은 이미지들은 자꾸만 미뤄지고 멀어져 갔다. '내 그림은 어떻게 그리는 거였더라?' 흰 종이 앞에서 나는 무엇을 잃어버린지도 모른 채 멍하니 있었다.

일이 끝날 때마다 다짐했다. 일을 줄이자. 이젠 내가 하고 싶은 걸 하자. 하지만 다시 메일함을 열어보면 매력적인 제안 앞에 욕심이 불쑥 고개를 든다. 더는 하지 않겠다는 생각일랑 까맣게 잊어버린다. 지금 아니면 언제 해, 물 들어올 때 노 젓자는 생각으로 다시 열심히 일. 그 모든 보람과 기쁨, 잘해냈다는 생각에도 불구하고 일이 끝난 뒤 또다시 찾아오는 공허함의 무한 굴레.

그럴 때면 생각해본다. 내가 10년 뒤에도 의뢰받는 일을 하고 있을까? 가장 열심히 하고 있을까? 내가 밀고 나가야 할 일일까? 대답은 '노'였다. 이 일에 자신감이 있고 잘할 거란 확신도 있지만, 10년 뒤에도 외주 작업을 주력으로 하고 있을 거란 생각은 들지 않았다. 10년 뒤의 나는 내가 그리고 싶어서 그리는 그림에 더 집중하고 있을 것 같았다. 그렇다면 지금부터 그렇게 살아보는 건 어떨까.

개인 작업은, 외주 작업보다 더 어렵지만 빈번하게 공허함이 찾아오진 않는다. 오히려 그림 하나를 그리면 다음엔 무엇을 할까, 라는 기대감으로 이어진다. 내 그림이 쌓여간다는 느낌에 마음이 풍족해진다. 그 만족감은 다른 무엇과도 바꾸기 힘들다. 나다운 그림, 아름다운 그림을 그려서 그걸 좋아해주는 사람들이 생겨나고, 자연스럽게 수입으로 이어지면 좋겠다. 가장 어려운 길임에도 그렇게 생각하는 것이 속 편했다.

이런 생각으로 근래에는 외주 작업을 최대한 많이 거절해봤다. 대신 창작하는 일의 비중을 늘렸다. 주로 만화, 그림책, 회화 작업, 애니메이션 창작이다. 창작과 외주의 비율을 6 대 4로, 7 대 3으로, 8 대 2로 점차 바꿔나가고 싶었다. 10 대 0으로 만들 수는 없다. 외주 작업 중에도 너무나 매력적인 제안들이 종종 찾아오기 때문이다. 열심히 만들고 나서 세상에 공개되었을 때, 거기서 오는 짜릿함이 있다. 그런 일은 놓치지 않고 꼭 하고 싶다. 물론, 최소한의 생활비도 벌어야 하고.

그런데 이런 각오를 한 지 1년도 되지 않아 벌어들이는 수익은 반토막이 났고, 모아둔 돈을 야금야금 까먹느라 가계가 곤란해지고야 말았다. 결국 다시 외주 작업을 왕창 받을 수밖에 없었다. '나의 창작물만으로 먹고살 수 있을까?'라는 실험은 본격 궤도에 오르기도 전에 잠정적 실패. 당분간은 저축에 힘쓰고 내 그림은 조금 더 미루기로 했다. 거실에 앉아 홀로 방황을 거듭하는 까닭은 그래서다. 다시 껍데기가 될 자신 앞에 힘이

쭈욱 빠진다. 하지만 제멋대로 살던 것으로 유명한 피카소나 에드워드 호퍼도 젊은 시절엔 원치 않는 그림을 그리고 남이 시키는 일을 하며 먹고살았다. 언젠가는 나도 머릿속의 그림들을 꺼내며 살아가는 나날을 보낼 수 있을까. 언제여도 상관없다. 그런 날이 오기만 한다면!

눈에 프레임을 달고

내가 그리는 그림의 특징은 풍경을 섬세하게 묘사한다는 점이다. 초록색 잎이 늘어진 공원 길을 걷는 모녀, 오래된 양식의 고택 위로 드리워진 벚꽃들, 빨간 벽돌 상가건물에 자리한 편의점, 푸른 밤거리의 골목길과 노란 가로등 불빛, 분홍빛 노을을 받는 작고 아담한 서점……. 나는 주로 이런 모습들을 그린다. 꼭 풍경 그림만 고집하려던 건 아닌데, 애니메이션 배경 아티스트로 일했던 경험도 있고, 프리랜서가 된 후의 포트폴리오도 죄다 풍경 그림이다 보니 들어오는 일도 자연스레 그렇게 되었다.

배경 아티스트로 일하며 가장 많이 느낀 점은, 공간과 풍경을 그리는 일에 생각보다 신경 쓸 점이 많다는 사실이다. '풍경'에는 세상의 모든 모습이 담겨 있다. 자연물, 건물, 자동차, 사람, 물건……. 거기다 아침의 빛, 낮의 빛, 저녁의 빛이 계절별로 달라진다. 어느 위치에서 세상을 보느냐에 따라 원근감 또한 달라진다.

이처럼 공간을 그릴 때는 상상에 의지하기보다 자료를 바탕으로 창작할 때가 많다. 개인적인 창작 그림은 직접 산책하다가 본 풍경을 그리는 것이라 이미 자료가 있다는 전제하에 그림을 그리지만, 책 표지는 그렇지 않다. 어떤 공간을 그릴지는 원고를 읽어봐야 알게 된다. 그에 맞추어 자료를 찾는다. 그게 내가 그림을 그리기 전에 가장 먼저 하는 일이다. 자료가 뒷받침되지 않으면 어딘가 엉성해진다. 모르는 부분을 얼버무리지 않고, 정확한 근거를 토대로 공간을 그리려고 노력한다. 주의할 부분은, 자료에 너무 의지하다 보면 그림이 때론 사진 같아지기 때문에 회화 작업으로서의 매력을 배가시키기 위한 노력도 게을리하지 않아야 한다는 점이다. 나아가 조명, 보정, 생략에 대한 감각도 키워야 한다.

『불편한 편의점』의 표지는 서울 갈월동이 배경이다. 소설에서 동시대 생활상을 생생하게 그려내고 있기 때문에, 표지에서도 소설 속 동네의 모습이 드러나길 원했다. 자료는 내가 살던 성산동과 남가좌동을 답사하며 모았다. 갈월동에 갈 수도 있었지만 '서울'이라는 특성에 더 집중했다. 성산동과 남가좌동에도 갈월동만큼 오래된 빨간 벽돌 건물과 야트막한 언덕길이 많기 때문에 이 부분에 집중해서 사진을 찍어 모았다. 갈월동에도 몇 번 가본 적이 있어서 기억에 근거하여 네이버 로드뷰를 참고하기도 했다. 표지 속 건물과 골목길은 실제로 성산동에 있는 곳이고, 편의점 외관만 여러 자료를 조합하여 그림을 만들어냈다. 건물도 창문이나 모양을 살짝 바꾸어 그렸다.

『엄마가 없다고 매일 슬프진 않아』라는 에세이는 파란 하늘에 초록색 나무, 고가도로를 배경으로 어린 자매가 누군가를 기다리는 모습인데, 역시 성산동이 배경이다. 저자의 어린 시절 이야기여서 공간에서도 추억 속 옛날 풍경 느낌을 내고 싶었다. 이를 위해 낡은 구조물이 남아 있는 곳을 찾아 그림에 담았다. 『어서 오세요, 휴남동 서점입니다』는 망원동을 배경으로 자료를 모았다. 작고 오래된 우리나라 상가건물에, 젊은 주인장의 손길로 소박하면서도 세련된 인테리어로 변신

한 서점 풍경이 망원동의 동네 분위기와 닮았다고 생각해서다. 원경이나 기와지붕, 서점 내부의 풍경들은 평소 산책하며 찍어두었던 사진을 참고로 하여 그렸다. 『N분의 1을 위하여』라는, 개인적으로 내가 좋아하는 이 책의 표지는 연남동 도로 풍경에 내 식대로 건물만 바꾸어 그렸고, 『보테로 가족의 사랑 약국』은 남가좌동의 오래된 단독주택과 상가건물들을 참고했다. 남가좌동은 모두 재개발되어서 10년 전 로드뷰를 뒤져 옛날 건물 느낌을 찾아냈다. 또 『어느 공무원의 우울』이라는 책의 표지에는 학교 배경이 필요해서 집 근처 학교 대여섯 군데를 돌아다니기도 했다. 『네가 있어서 괜찮아』의 울창한 나무가 가득한 공원 풍경은, 일 때문에 광주대학교에 갔다가 찍은 사진을 참고로 했다. 브로콜리 너마저의 싱글앨범 〈너를 업고〉의 재킷 이미지는 홍제천을 걷다 본 풍경으로 완성한 것이다. 모두 내가 직접 본 풍경들이 책 표지나 앨범 커버가 되었다.

　뭘 그려야 할지 생각이 안 나면 무작정 집을 나선다. 어디에서 어떤 장면을 포착할지, 책 표지 사이즈의 프레임을 눈에 장착하고 여기저기 하염없이 돌아다닌다. 이런 이유로 가끔은 내가 그림을 손이 아니라 발로 그린다는 생각도 한다. 시간이 부족할 땐 그동안 산책하며 찍어두었던 사진들을 모조리 뒤져보면서 어떤 공간이 소설과 가장 어울릴지 탐색한다.

일본 소설 작업도 많이 했는데, 일본을 바로 다녀오기는 힘들기 때문에 구글 맵 로드뷰를 적극 활용한다. 이미지 검색을 할 수도 있지만, 다른 사람의 사진을 참고하면 저작권 문제도 애매하고 유명한 이미지가 많이 나온다는 단점도 있다. 조금 더디더라도, 내가 포착한 이미지가 수수하더라도 신선한 감각을 발견하고 싶다. 『엄마의 엄마』『바람이 강하게 불고 있다』『여기는 커스터드, 특별한 도시락을 팝니다』『오늘도 고바야시 서점에 갑니다』『패밀리 트리』의 표지는 모두 소설 속에 등장하는 실제 공간을 구글 맵에 검색해서 로드뷰로 구석구석 돌아다닌 후 그린 것이다. 다만 그림 속 공간이 실제와 똑같이 존재하지는 않는다. 로드뷰 장면을 수십 컷 뽑아내고, 그것을 재조합하여 새로 만들어낸 이미지에 가깝다.

『세상의 마지막 기차역』이라는 표지는 특히 자료 조사가 어려웠다. 출판사에서는 바다가 보이는 일본의 기

내 그림을 보고 사람들이
첫눈에 '기분 좋다'고 느꼈으면 좋겠다.

그런 '첫눈의 느낌'이 어떤 것인지 잊지 않도록
서점에 가면 이런저런 책의 표지들을 구경한다.

차역 풍경을 원했는데, 그런 곳이라면 '시모나다역'이라든가 '가마쿠라코코마에역' 등의 이미지가 유명했다. 하지만 나는 이미 많이 알려진 이미지와 중복되는 그림을 그리고 싶지 않았다. 기존에 잘 알려진 곳을 피하면서도 예쁜 기차역을 찾고 싶었는데 구글 맵 로드뷰는 차도를 기준으로 하다 보니 기차역 내부 풍경이 하나도 담겨 있지 않아 찾기가 쉽지 않았다. 결국 일본어가 능숙한 남편에게 도움을 구해 잘 알려지지 않은 예쁜 기차역들을 하나하나 검색해 사진 자료를 찾았다. 마음에 드는 이미지를 찾기까지 정말 오랜 시간이 걸렸다. 결국 수백 장에 달하는 자료를 모으고 나서야 서너 개의 역 이미지를 이리저리 조합하여 작업을 마무리할 수 있었다. 의뢰를 받은 때가 5월인데 최종 파일을 넘긴 것이 12월이니, 내가 그린 그림 중 가장 오랜 시간이 걸린 셈이다. 신간이 아닌 리커버 표지였던 덕에 시간이 충분히 있어 다행이었다.

『패밀리 트리』같은 경우는 소설 속 배경인 작은 마을 호타카를 구글 맵으로 충분히 탐색한 후 실제 호타카의 산등성이와 마을, 기와지붕, 정원수와 노송나무를 참고하여 그렸다. 건물의 모습은 내가 여행 간 적이 있던 에히메의 80년 된 고택을 참고로 하여 그렸다. 이 고택은 '오야도 니노미야'라는 이름으로 숙박업을 겸하고 있다. 내가 10일 동안 머물렀던 집의 모습, 여행지에서 본 풍경이 책 표지로 다시 만들어지다니, 그 소식을 오야도 니노미야의 주인장에게 전하자 기뻐해주었다.

작업을 꾸준히 하다 보니 딱히 자료 없이 흰 종이에 슥슥 그려도 괜찮은 경우가 점점 늘어났다. 머릿속에 각종 건축물이나 골목길의 구조가 어느 정도 모델링되어 있어 가능해진 것이다. 자료를 많이 보면 머리에 입력된다. 그러면 종종 큰 구도는 일필휘지로 그려내는 일도 가능해진다. 하지만 결국 디테일을 그릴 때는 역시 자료를 찾게 된다.

오래된 골목길을 그릴 때면 네이버 로드뷰를 켜서 시간대를 2010년으로 설정한다. 달력을 십수 년 전으로만 돌려도 서울의 풍경이 완전히 달라진다. 2010년까지만 해도 오래된 단독주택이나 벽돌집이 많이 남아 있었다는 사실에 늘 놀란다. 평소 외출을 하거나 데이트를 할 때도 어딘가에 써먹을 만한 이미지를 만나면 사진을 찍어둔다. 이런 자료가 하드디스크에 잔뜩 있지만, 제대로 분류해놓지는 않기 때문에(연도로만 구분해둔다) 필요한 걸 찾을 때는 '대충 언제 찍은 거더라?' 기억에 의존해 사진을 찾는다. 덕분에 방대한 사진의 세계를 탐험하게 되고, 거기에서 또 영감을 받기도 한다.

공간뿐만 아니라 나무나 자연을 그릴 때도 마찬가지다. 나는 현실에 기반을 두지 않은 어딘가 허술한 그림을 보면 참을 수가 없다. 내가 못 참아서 결국 또 여러 자료를 구한다. 완전히 추상적이거나 데포르메*적인 그림을 그릴 것이 아니라면, 사실에 기반하면서 어떻게 이미지로 번역해낼 것인가가 나의 과제다.

그림이 사진 같다는 칭찬을 종종 듣는데, 사실 나는 사진 같아 보이지 않기 위해 애를 쓴다. 자료에 의존하는 것이 아니라 자료를 '참고'만 하려고 한다. 자료에 의존하는 순간, 사람이 손으로 그린 그림의 느낌이 쏙 사라지게 된다. 그래서 전체 구도는 내가 잡되 특정 요소만 사진에서 참고하기도 하고, 전체 구도는 현실에서 가져오되 사이사이의 요소는 창작해내기도 한다. 광각

---

* 대상을 과장하거나 축소하는 등 변형하여 그리는 것으로, 디즈니나 어린이 만화의 그림들은 거의 데포르메 기법을 사용한다.

렌즈로 찍은 사진 자료라고 하더라도, 그림을 그릴 때는 망원렌즈로 찍은 것처럼 구도를 임의로 바꾸어 그림을 그린다. 이를 위해서 내가 모은 사진 자료를 콜라주처럼 요소별로 잘라낸 후, 크기를 달리해 재배치해볼 때도 있다. 어디까지나 사진 자료는 참고용으로만 다루려고 노력한다.

그림을 그림답게 만들기 위해 가장 신경 쓰는 부분은 색감이다. 나는 색감이 너무 현실적이면 바로 매력이 반감된다. 아름답고 예쁘지만 현실에서는 보기 힘든, 그러면서도 자연스러운 색의 배치를 찾고자 애쓴다. 마치 셀카 앱으로 얼굴을 더 예뻐 보이게 하고 음식을 더 맛있어 보이게 하려고 보정하는 것과 같은 원리다.

이 모든 선택은 사실 내가 의뢰받은 책 속에 답이 있다. 책 표지는 반드시 원고를 읽고 나서 작업하는데, 그렇게 해야 이미지가 그려지기 때문이다. 그래서 나에게는 책을 읽는 시간이 작업을 더욱 빠르고 효율적으로 만들어준다. 책을 읽다 보면 머릿속에서 분위기가 저절로 떠오른다. 이번 책은 밝은 색감이겠구나, 이번 책은 파스텔 톤이겠구나, 이번 책은 어딘가 서글퍼야 하겠구나 같은 것이 저절로 잡혀나간다.

물론 대부분 출판사에서 그러하듯 특정 방향을 의뢰하는 경우에는 요구 사항도 충분히 반영해야 한다. 장르나 분위기를 대표하는 이미지에는 어느 정도 공식이 있어서, 내가 생각하는 표지의 방향성과 출판사가 생각하는 표지의 방향성이 잘 맞는 경우가 많지만 완전히 다를 때도 있다. 나는 분홍색과 보라색 톤의 밤 풍경을 떠올렸는데, 출판사에서는 초록과 햇살이 어우러진 밝은 이미지여야 소비자들이 좋아한다고 의견을 피력하면 그 의견을 따라야 한다. 종종 내가 예쁜 이미지나 소설 속 내용을 있는 그대로 드러내는 데에만 신경 쓰고 있다면, 편집자나 마케터는 나보다 더 넓은 시야로 책의 탄생과 판매까지 많은 것을 아울러 보고 있다는 느낌을 받는다. 그래서 의견을 따르는 데 크게 주저하지 않는다. 아주 가끔은 아쉬운 부분도 있다. 나는 자꾸 덜어내고 싶은데, 의뢰하는 쪽에서는 자꾸 무언가를 넣으려고 할 때다. 최종 결과물을 보고 출판사 의견이 결국 맞았구나 싶은 표지가 있는 반면, 뜨악하는 경우도 있다. 정말 죄송하지만, 어디 가서 내가 그렸다고 말하기 꺼려지기도 한다.

작업하며 유념하는 부분은 기존 작업물과 너무 비슷하면 안 된다는 것. 하지만 이 부분도 출판사와 의견 차이가 생기는 경우가 가끔 있다. 오히려 베스트셀러와 '느낌이 비슷하게' 그려달라는 요청을 받기도 한다. 그럴 때는 나도 내 의견을 솔직하게 전달하려고 하는 편이다. '그래도 이 책만이 가진 장점이 있을 테니 다른 책과 너무 겹쳐 보이지 않도록' 어떤 부분을 신경 썼는지 성심성의껏 이야기한다. 내 의견은 받아들여지는 경우도, 묵살되는 경우도 있다. 이런 모든 과정을 거쳐 하나의 이미지가 탄생하게 된다.

전체적인 흐름은 이렇다. 출판사의 의견을 수렴하여 답사와 자료 조사, 원고 읽기를 거쳐 시안을 3종 정도 만든다. 정말 생각이 나지 않으면 2종으로 그치되 그 안에서 또 변주를 준다. 이 기간만 2~3주가 걸린다. 출판사에서 보고 최종 1종으로 좁혀지면 그림을 완성한다. 사실상 시안을 만들 때 이미 머릿속에는 완성된 그림이 있어서, 시안만 채택되면 완성까지는 일주일도 걸리지 않는다. 90퍼센트 이상 완성된 그림을 보내면 출판사에서 최종 수정 의견을 건네오고, 이를 반영하여 그림을 최종 완성하면 내 그림이 디자이너의 손길을

계약 & 사전 단계

① 제안 메일이 오면 기간, 비용, 작업 성격을 고려하여 작업 여부 결정

같이 합시다.

② 계약서 작성

전자 서명 or

우편으로 주고 받음

③ 의뢰서 파악

· 밝게
· 배경 위주
· 학교 배경
· 봄 느낌

이렇게 부탁드려요.

편집자님

④ 원고 읽기

분홍색...?

읽는 동안 아이디어가 저절로 떠오른다.

시안 단계

⑤ 자료 수집

충분히 영감을 느낄 때까지 수십 장을 모은다.

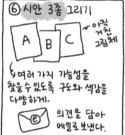

⑥ 시안 3종 그리기

A B C

아직 거친 그림체

여러 가지 가능성을 찾을 수 있도록 구도와 색감을 다양하게.

의견을 담아 이메일로 보낸다.

⑦ 1차 피드백

작가는 기다리기

출판사는 미팅 후 의견 전달

골라 봅시다.

A안으로 가죠.

완성 단계

⑧ 그림의 80~90% 완성

- 피드백을 반영하여 그림을 디테일 하게 완성한다.

모든 작업은 아이패드로

⑨ 2차 피드백

고양이를 더 추가해 주세요.

⑩ 2차 완성 (그림의 100%)

여기서 통과 되거나 아주 약간의 수정이 있으면 한다.

최종 psd

⑪ 출간!

책이 택배로 오면 SNS에도 자랑한다.

그리고 입금을 기다린다. ☺

뿌듯♡

※ 95% 이상의 경우 출판사와의 미팅 없이 메일로만 소통하며 일이 진행된다!

거쳐 책 표지로 나오게 된다. 보통 첫 제안을 받고 책 표지가 세상에 나오기까지 짧게는 두 달, 길게는 다섯 달도 걸린다.

이에 반해 개인적으로 그리는 풍경 그림은 그리고 싶은 것이 머리에 떠오르기만 하면 완성하는 데까지 3일도 걸리지 않는다. 하루 만에 완성하는 경우도 많다. 머리에 떠올랐다는 것 자체가 내 안에서 많은 조건을 통과했다는 소리이고, 의견을 주고받거나 컨펌을 받는 과정도 생략되기 때문이다. 어떤 색을 쓸지, 어떤 구도로 그릴지는 머릿속에서 모두 결정된 상태다. 손가락만 움직이면 된다. 그림이 완성되면 바로 인스타그램에 올려버린다. 대신 '무엇을 그리기로 선택하기까지' 시간이 오래 걸린다. 내 안에서 이런저런 논의와 고민을 거쳐야 한다.

작업할 때 고려하는 부분들을 쓰고 보니 대단한 결과물을 내고 있는 것 같지만 현실은 모호하다. 열심히 표지를 그려 결과물이 나오는 것을 보면 뿌듯하나 다른 아름다운 그림들을 보면 금방 다시 작아진다. 내가 할 수 있는, 아직 발굴하지 못한 더 아름다운 표지 이미지가 있을 것만 같다. 분명히 더 나은 방향이 있었을 것 같다. 6개월 전에는 괜찮다고 생각했던 그림이었는데 다시 보니 고쳐야 할 부분이 많이 보일 때도 있다.

공간과 풍경의 세계는 끝이 없다. 지금까지는 정면도와 부감이 가장 예쁘다고 생각했는데 요즘은 그렇지만도 않다. 내가 그려왔던 평이한 구도보다 훨씬 역동적인 그림도 그리고 싶어지고, 예전이라면 절대 눈길 주지 않았을 공사장 모습도 그림이 될 수 있겠다는 생각이 들기도 한다. 세상의 모습도, 나의 시선도 계속 바뀐다. 내가 가보지 않은 세계도 아직 한참이나 남았다.

아는 만큼 그린다

그림을 그리기 시작한 뒤 세상을 보는 눈이 달라졌다. 우리는 의외로 매일 보는 것에 대해서 잘 알지 못한다. 매일 사용하는 로션 통을 시야에서 치운 뒤 그려보라고 했을 때 똑같이 그릴 수 있는 사람은 거의 없다. 당장 내가 살고 있는 골목길을, 방 안 잡동사니를 그려보라고 했을 때, 제대로 기억해 그릴 줄 아는 사람은 드물다. 아침, 낮, 저녁에 따라 변화하는 실외와 실내의 색들에 하나하나 이름을 붙여 기억하는 경우도 잘 없다. 오히려 우리는 우리 주변의 것을 관념화하여 기억한다. 대략적으로 어떤 모양인지, 무슨 색인지 요약해 부분만 기억해두는 경우가 많다. 굳이 모양새를 일일이 기억할 필요는 없기 때문이다.

그러나 그림을 그리는 사람이라면 만물을 잘 알고 있을수록 좋다. 아는 만큼 그릴 수 있으니까. 나는 다양한 경험을 통해 그림이 단순히 영감이나 감각적인 측면뿐만 아니라 지식의 측면과도 아주 연관이 깊다는 것을 알게 되었다.

애니메이션 회사를 다닐 때 1950년대 한국 농촌이나 1920~1930년대 근현대 생활상을 그려야 했는데, 책상에 앉아 그리려고 했더니 막상 그 시기에 대해 아무것도 모르고 있다는 사실을 깨달았다. 하나의 장면을 그리려면 포털사이트에서 '한옥' '장터' '초가집' 같은 키워드를 검색해 자료를 수십에서 수백 장까지 수집하고, 그 자료를 다시 재구성하여 배경을 완성했다. 배경을 그리는 직원들에게 자료 수집은 생명이었다.

한번은 나무가 많은 시골 풍경을 그려야 했는데, 나뭇가지와 나뭇잎의 생김새에 대해 아는 것이 하나도 없었다. 고민하다가 감독님께 "나무를 그려야 하는데 직접 보는 게 좋을 것 같아요. 밖에 다녀와도 될까요?" 말씀드린 적이 있다. 감독님은 흔쾌히 다녀오라고 허락해주었다. 일하다 말고 회사에서 걸어서 5분 거리에 있던 남산에 올라 나뭇가지와 나뭇잎 그리고 여러 그루의 나무와 그로 인해 생기는 그림자, 숲 바닥에 떨어진 낙엽, 잡초, 나뭇가지 들을 한참이나 관찰하고 사진을 찍어 온 기억이 있다. 바라보지 않고 사진만 찍으면 도움이 되지 않는다. 포털사이트에 '나무'를 검색해 나오는 이미지로도 모자랄 때가 있다. 직접 가서, 집중해서 대상을 바라봐야 한다. 사진이 아닌 입체적인 실체를 보며 어떻게 생겼지? 왜 이런 모양이 되었지? 생각하며 바라봐야 한다. 그러면 이전에는 몰랐던 나무와 숲의 형태가 입체적으로 시각화되어 새로이 인지된다.

한옥과 대나무 숲을 자세히 그려야 했을 때는 스튜디오 사람들과 함께 민속촌과 담양 죽녹원에 답사를 갔고, 소나무 숲이 나오는 장면을 그릴 때는 버스를 타나 길을 걸으나 소나무만 쳐다봤다. 서울에 소나무가 이렇게 많다는 걸 그때 처음 알았다. 소나무 표면이 어떤 모양인지, 대나무들은 얼마나 크고 어느 정도 간격으로 자라는지 기억해 그린 그림은 느낌이 달랐다. 기와를 그릴 때도, 노을을 그릴 때도 마찬가지였다. 기와나 노을을 만나면 빼놓지 않고 형태와 색감을 기억해 두려 애썼다.

애니메이션은 다양한 시간대에 따라 변화하는 색감

이나 그림자, 조명에 따라 달라 보이는 인물의 감정도 표현해야 하므로 나는 날씨나 공기까지 자세히 관찰하기 시작했다. 형광등 아래에선 그림자가 어떤 느낌인지, 해가 질 때 세상은 무슨 색으로 바뀌는지, 밤이 되기 전의 색감은 어떠한지 항상 주의를 기울였다. 눈을 뜨고 있는 동안 눈앞에 놓인 모든 것을 분석하고 담아 두었다.

어느 수준까지는 대상을 '아주아주 자세히 관찰하고 기억함으로써' 충분히 정보를 수집할 수 있었다. 그런데 우연히 『파브르 식물 이야기』라는 책을 읽고, 그림은 내가 관찰한 사실뿐만 아니라 '지식'과도 연결된다는 걸 느꼈다. 이 책은 다양한 식물을 알기 쉽게 과학적으로 분류해놓았다. 가장 인상 깊었던 파트는 나무밑동의 단면 너비, 다음으로 갈라진 가지 두 개의 단면 너비, 그다음 갈라진 가지의 단면 너비…… 그리고 가장 말단에 있는 가지까지 단면 너비가 모두 동일하다는 사실이었다. 그렇지, 흔히 나뭇가지는 자신이 뻗어 나온 가지보다 더 두꺼워지는 경우가 없다는 걸 새삼 되새겼다. 이 사실을 인식한 후 나무를 그리는 감각은 달라졌다. 한옥을 그릴 때도 비슷한 경험을 했다. 한옥에 관한 지식, 기둥이나 마루의 나무는 바람에 마모되는데 나이테의 무늬에 따라 연한 부분은 더 빨리 마모되어 안쪽으로 들어가 보이고 강한 부분은 도드라져 보인다는 것을 알고 나자 그림을 더 입체적으로 그릴 수 있었다. 그 후 한옥에 방문할 때면 연질과 강질의 도드라진 격차를 보고 이 건물이 얼마나 오래되었을지를 짐작했다.

관찰을 통해 얻은 시각적인 정보, 과학자와 역사학자들이 밝혀낸 지식들 그리고 내 몸이 직접 느낀 사실들, 미술이론들. 모든 것이 지식이다. 그림 스타일은 천차만별이므로 모든 그림이 그렇지는 않겠지만 제대로 알면 알수록, 적어도 나는 더 잘 그리게 되었다.

너무너무 훌륭한 그림을 볼 때 '왜 나는 저렇게 안 되지?'라는 생각을 자주 했다. 원인을 찾기는 어렵지 않았다. 내가 안 그려봤기 때문이고, 그림을 그린 사람만큼 그 대상을 잘 모르기 때문이었다. 사물의 특성과 빛의 원리, 인체의 해부학적 지식을 알고 있는 사람은 그렇지 못한 사람보다 혼란 없이 그림을 그린다. '왜 나는 안 되지?'라는 생각은, 그만큼 대상에 대한 지

눈에 잔뜩 담아
두어야 해.
나무의 느낌도
생김새도.

식이 부족하다는 것과 같은 말이 될 수도 있다. 기계를 잘 아는 사람과 식물을 잘 아는 사람이 각각 기계와 식물을 그리면 각자가 더 잘 묘사할 수 있는 부분은 분명 다를 것이다. 당연히 머리로 아는 것과 손으로 아는 것의 경계는 모호하다. 항상 공부하고 나서야 그림을 그릴 수 있다는 말은 아니다. 손으로 많이 그려서 손에 익히지 않으면 결국 능숙하게 그리기 어렵다. 다만 우리가 무언가를 그릴 때 흐릿하고 불투명한 지점의 대다수는 '앎'으로 극복할 수 있다는 뜻이다.

　물론 모든 것을 '과학적으로 정확하게' 그려야 한다고는 절대 생각하지 않는다. 오히려 그런 생각 때문에 상상이나 표현에 제약을 받기도 한다. 온라인수업을 할 때 그림자 그리기를 어려워하는 분이 많았다. 느낌대로 그리자니 틀릴 것 같아 두렵고, 자료를 찾자니 지금 그리는 그림과 똑같은 조건의 자료를 찾기가 어려워 이러지도 저러지도 못하는 것이었다. 하지만 항상 그림자가 생기는 원리에 맞추어 그림을 그릴 필요는 없다. 그러면 오히려 피곤해진다. 할 수 있는 만큼만 표현하고 때로는 뭉뚱그려주어도 그림을 그리는 데 큰 지장은 없다. 아주 많은 경우 원근감을 무너뜨릴 때, 인물의 얼굴을 과장해서 그릴 때, 빛을 생략하고 중요하지 않은 정보는 생략할 때 더 멋지고 세련된 그림이 나온다. 고흐의 그림 속 어떤 얼굴은 초록색과 오렌지색이고 피카소의 그림 속 어떤 얼굴은 푸르다. 인상주의 그림들은 현실의 색과는 완전히 다른 주관적인 색을 지녔다는 점을 떠올려보면 어떤 아름다운 그림들은 '정확함'에서 벗어남으로써 그 매력을 발산한다는 것을 알 수 있다. 그림자가 어떻게 생기는지 모른다면 그냥 내 마음대로, 내 눈에 예쁜 대로 그려도 좋다. 그렇게 할 때 더 개성 있고 재미난 그림이 완성되기도 한다.

다만 사실적인 표현을 추구할 때는 많이 알고 있는 편이 확실히 도움이 된다. 혹은 풍부한 상상력이 현실의 구체적인 정보로부터 피어오르기도 한다. 나 역시 새로운 공간을 창조하는 그림을 그릴 때 기존에 알고 있는 것에서 시작하는 경우가 많다. 사실적인 물건을 재배치하기도 하고, 현실적인 공간을 뒤틀기도 한다.

SNS에서 누가 자신이 그림을 공부한 과정을 올린 게시물을 본 적이 있다. 그 사람의 노트에는 이 세상에 존재하는 거의 모든 것이 카테고리화되어 있었다. 기계, 곤충, 동물, 인체, 자연물 등등. 세상 만물을 모두 정리하여 하나씩 하나씩 정복하듯 그림을 공부했다. 곤충을 다 그려보고, 자동차도 다 그려보는 식이었다. 그는 분명 자신의 것을 창작할 때, 표현할 수 있는 세계의 영역이 무궁무진할 것이란 생각이 들었다. 어쩌면 종이 앞에서 머뭇거리는 시간이 누구보다 짧을지도 모른다. 미야자키 하야오는 아동문학 전집을 닥치는 대로 읽은 후, 자신 안에 어떤 서랍장이 생긴 것 같았다고 한다. 가령 '주인공 여자아이를 어떤 식으로 그릴까?' 생각하면 곧장 책에서 봤던 아이들이 저절로 떠올랐다고 한다. 현실에서 얻은 자료들이 새로운 작품을 만들 때 재료가 되어준 것이다.

이런 것들을 알고 나자 내가 무언가를 정말 알고 있는지에 대해서 늘 의심을 품게 된다. 그리고 더 많이 알고 싶어진다. 내가 어떻게 생겼는지 알고 있을까? 내 집의 구조가 어떤 비율인지 알고 있을까? 우리나라 도시에서 평균적으로 사용하는 전신주의 모양은? 이차선 도로의 표지판들이 어떤 의미이고 어떻게 생겼는지 기억하는가? 여름 아침의 그림자 각도와 겨울 아침의 그림자 각도가 다르다는 점은?

나는 아직도 모르는 것이 너무나 많다. 안다고 믿었던 것들도 일단 펜을 들어 그려볼라 치면 새까맣게 잊어버린다. 종이 앞에서는 거짓말을 할 수 없다. 별생각 없이 스쳐 지나갔던 것들도 매일 다시 들여다보며 '이렇게 생겼었구나' 새로 알게 된다. 같이 사는 남편의 턱선을, 길 가는 여자들의 단발머리 모양을, 코트를 입었을 때 생기는 주름의 모양을, 고양이가 하품할 때의 입 모양을 정신 똑바로 차리고 관찰할 때면 늘 새롭다. 몰랐던 것은 나오고 또 나온다. 세밀하고 멋진 그림들을 볼 때마다, 내가 모르는 것을 슥슥 그리는 사람들을 볼 때마다 부럽다. 그때마다 두 눈을 부릅뜨고 세상을 더 관찰하고 공부하고 싶어진다.

그렇다고 해서 모든 것을 알아야 한다는 강박감을 가질 필요는 없을 것이다. 나는 보고 그리는 것을 좋아하고, 언제든 자료를 찾을 수 있는 세상에 살고 있으니까. 내가 직접 보지 못한 것이나 만져보지 못한 것을 그리고 싶다면 자료를 찾아서 보고 그리면 된다. 이건 내가 모자라서, 잘못돼서가 아니라 그냥 아직 잘 모르는 게 있을 뿐이므로. 모르면 그때그때 찾아보면 된다. 온라인수업을 할 때도 "선생님, 물은 어떻게 그리죠?"

"사람 하반신을 그리기 어려워요!" "손 모양이 어려워요!"라는 고민을 들으면, "물이 어떻게 생겼는지, 하반신은 어떻게 생겼는지, 손은 어떻게 생겼는지 찾아보세요! 저도 늘 보고 그립니다. 하반신과 손은 자신의 몸에도 있으니 언제든 다시 확인해보세요"라고 대답하곤 했다. 자동차를 쉽게 그리기 위해 지금 당장 자동차 도록을 전부 외우지 않아도 된다.

조금씩 오래도록, 하나씩 하나씩 세상 만물을 내 안에 저장하고 싶다. 긴 시간에 걸쳐 꾸준히 지식을 모아 내 것으로 만들고 싶다. 이 얼마나 멋진 일인가. 만물을 알고 만물을 그릴 수 있다면, 그야말로 뭐든지 다 만드는 예술가, 내 그림의 창조주가 되는 기분을 맛볼 수 있지 않을까. 지금보단 더 쉽고 재미있게 즐길 수 있지 않을까.

그래서 그림을 그리는 일은 세상을 새롭게 보는 일이고 세상에 대해 알아가는 일이다. 세상이 어떻게 생겼는지 정확히 모르고 있었다는 사실을 매번 깨닫는 일이다. 그림을 그리면 그릴수록 세상의 모양을 점점 선명하게 느낄 수 있게 된다. 세상을 보는 해상도가 높아진다. 이 얼마나 멋진 일인가.

불규칙적인 생활과의 이별

프리랜서 특성상 완벽하게 규칙적인 생활은 불가능할 거라고 생각했었다. 들어오는 일 자체가 불규칙적이고, '9 to 6' 같은 강제적인 규율이 없기 때문이다. 프리랜서가 되고 나서, 중간에 회사를 다니던 1년을 제외하면 자연스럽게 불규칙적인 생활을 오래 지속했었다.

생활은 언제나 루틴보다 마감일을 중심으로 돌아갔다. 프리랜서 중에서도 매주 1회 '연재 노동'을 하는 사람들은 마감일이 나름 규칙적으로 정해져 있겠지만, 일러스트레이터의 마감일은 클라이언트의 스케줄이 우선이다. 클라이언트 역시 일거리마다 매번 바뀌기 때문에 일정은 항상 변동된다. 나는 평균적으로 한 달에 3~4회 정도의 마감을 할 때가 많지만 이 역시 매달 다르다. 보통 마감일이 오기 2~3일 전에 바짝 일을 하는데 월요일이 마감이라면 주말에 일을 하고, 마감이 한 주에 연달아 있다면 일을 몰아서 한 후 일이 없는 주에 길게 쉬기도 한다.

일을 몰아서 하다 보면 잠자는 시간이나 밥 먹는 시간이 엉망이 되기 일쑤였다. 잠자는 시간이 들쭉날쭉한 이유는 또 있었다. 좋은 이미지가 당장 떠오르지 않으면 일을 계속해서 미루는 습관 때문이었다. 책상에 앉아 있는다고 해서 그림이 술술 나오지는 않았다. 머릿속에 대략적인 기획이 있고, 이미지가 아무리 많아도 '그래서 이런 분위기로 그리겠다'는 결단이 서야 그림을 시작할 수 있었다. 그러지 못해도 그릴 수야 있지만 그렇게 그린 그림은 항상 마음에 들지 않았다. 스스로도 뭘 그릴지 모르는 상태에서 그린 그림 같았다. 생각이 날 때까지 자료를 하염없이 찾고, 그래도 영감이 떠오르지 않으면 밖으로 나가거나 책을 보면서 새벽까지 작업을 질질 끌었다. 그러다 보면 '이렇게 그려야겠다!' 하고 방향이 잡히는 순간이 찾아왔다. 마감일 전날 새벽에 후다닥 완성하고 담당자의 출근 시간인 오전 9시에 맞추어 메일을 보냈다. 낮에 했어도 결과물을 만들

수는 있었을 것이다. 그럼에도 마지막까지 미루고 미룬 건 영감을 기다리는 한편, 급박한 마감 시간이 만들어주는 만능의 순간에 중독됐던 것인지도 모른다. 언제부턴가 '새벽은 길다, 새벽은 모든 것을 해결해준다'는 생각 때문에, 낮에는 아예 느슨하게 있다가 밤새우는 걸 당연시하며 일하게 되었다.

그뿐만 아니라 확실히 밤에 일이 더 잘된다고 느꼈다. 밤이 되면 일순간 온 세상이 조용해진다. 낮에는 에너지가 과하게 들끓는다. 특히 날씨가 좋은 봄이나 가을에는 당장 나가서 날씨를 만끽하며 산책해야겠다는 충동을 억누르기 힘들었다. 나는 바깥 세상을 좋아하고 외향적인 사람이라 낮 시간의 에너지들, 특히 빛과 소음의 자극과 유혹에 약하다. 더군다나 낮에는 고양이 돌보기, 밥해 먹기, 청소, 사무 업무 같은 생활 노동들로 중간중간 작업이 끊기는 일도 잦다. 반면 저녁 식사를 하고 8시가 지나면 생활 노동도, 바깥에서의 유혹도 자취를 감춰 책상에 앉아 몇 시간이고 어떤 방해도 없이 일을 할 수 있었다. 낮은 시시각각 그 모습이 변하는 것과 달리 밤은 까만 모습을 유지했다. 그런 특성이 마음에 들었다. 소음이 사라진다는 점도 좋았다. 그렇다 보니 밤에 일하고 늦게 자고 또 늦게 일어나 다시 밤에 일을 하곤 했다.

밤샘 노동의 문제뿐만 아니라 식사 시간이나 운동 패턴 등 생활 전반이 불규칙했던 적이 많았다. 정해진 것이 없으니, 무엇을 해야 할지 몰랐다. 마감이 있으면 일을 하고 아니면 자유분방하게 지냈다. 매일 새로 태어나는 것 같았다. 새로 태어나 새로운 하루를 만들어 나갔다. 이리 튀고 저리 튀는 나를 항상 수습하며 살아갔다.

그런 자신에게 스트레스를 받고 문제를 느끼면서도 지나치게 자책하지는 않았다. 지망생 시절에 불안과 스트레스를 너무 많이 느껴서 그 이후로는 무슨 일이 있어도 스스로 믿어주자고 나 자신과 약속했기 때문이었다. 그래서 나를 급하게 바꾸려는 노력보다는 실패해도 괜찮으니 천천히 개선하자는 입장을 유지하곤 했다. 나를 방치해두면서도 마음 한쪽에선 언젠가는 이런 삶을 개선하고야 말겠다는 각오를, 아니 각오만 하곤 했다. 아무리 마감 중심이라는 불규칙한 특성을 가진 일을 하더라도 규칙적이고 건강한 삶에 한번 도전은 해보고 싶었다. 매일 정해진 노동을 하는 많은 작가를 존경했고, 나도 그렇게 되고 싶었다. 나는 정말로 느릿느릿, 천천히 루틴을 만들어갔다.

2020년, 단기적인 노동(외주 작업)을 모두 거절하고 약 7개월간 애니메이션만 만들었을 때 많은 부분이 저절로 개선되었다. 애니메이션이라는 장르는 절대 벼락치기를 할 수 없다. 하루 종일 그림을 그려야 겨우 1초가 나온다(지브리는 모든 직원이 풀타임으로 일해도 일주일에 5초밖에 만들지 못한다고 한다). 나는 총 3분 분량을 혼자서 만들어야 했으므로 7개월 동안 부단히 그렸다. 저절로 아침에 일어나 저녁까지 일하고 밤에 일찍 자는 생활이 이어졌다. 작업실로 출퇴근한 덕에 일을 규칙적으로 하기가 쉬웠다. 나도 이런 생활이 되긴 되는구나! 기뻐하던 것도 잠시 애니메이션 작업이 끝나자마자 다시 밤늦게까지 일하는 불규칙적인 생활이 시작되었다.

어릴 때야 아무렇지 않았지만 곧 삼십대였고, 이래서는 건강에 큰 문제가 생길 수도 있고, 장기적으로도 작업을 꾸준히 하기 힘들 거라는 불안감이 들어 다시 루틴을 만들어나가기로 했다. 건강 관련 유튜브를 잔뜩 찾아본 후 가장 먼저 고친 것은 밥시간이었다('닥터U와 함께' 채널에 도움을 많이 받아 추천한다). 회사를 다니면 정해진 시간에 밥을 먹지만, 혼자 일하면서 식사를 자꾸 거르고 야식을 먹는 일이 많아 가장 먼저 바꾸자고 다짐했다. 무조건 점심은 12시에, 저녁은 6시에 먹기로 했는데 생각보다 괜찮아서 지금까지 이어오고 있다. 억지로가 아니라, 정말 좋아서 지키게 된다. 요즘은 11시 점심, 5시 저녁으로 조정하여 실행하고 있다. 밥 먹는 시간이 고정되니 내키면 먹던 때보다 몸이 더 가벼워지고 소화가 잘되어 정말 좋다. 낮 시간의 일상도 밥시간에 맞추어 정돈되었다.

밤샘 노동은 프로젝트에 따라 완전히 개선할 수는 없었지만 억지로라도 밤 12시 전에 일을 끝내려고 노력했다. 예전에는 365일 늦게 자다가 그 횟수가 점점 줄어들어 최근 몇 달은 급한 마감이 있어도 아예 밤샘을 하지 않고 있다.

결정적으로 아침에 일어나 달리기를 시작하면서 거의 모든 문제가 개선되었다. 아침에 달리기를 하면 정신이 말끔해져 오후 12시 전에 모든 잡일을 끝내고 깨끗한 머리로 오후에 작업을 할 수 있었다. 집중해서 일을 하면 남는 시간에 낮 산책을 다녀와도 몸이 가뿐했

고, 저녁을 먹고 추가로 일을 하다 보면 밤 11시에 스
르르 잠이 왔다. 이 습관은 쉽게 얻은 게 아니다. 달리
기가 습관이 되기까지 무려 9년이란 시간이 걸렸다.
처음 헬스장에 갔을 때, 트레이너 선생님이 이렇게 말
했다.

"살면서 한 번도 운동해본 적 없죠? 완전 할머니 몸
이에요."

그만큼 나는 저질 체력이었다. 섣불리 운동을 하면
무리가 갈 수 있으니, 코어근육을 만드는 플랭크부터
시작하라는 소리를 들었다. 플랭크를 하는데 5초 만에
몸이 전기드릴처럼 덜덜 떨렸고, 운동 자체가 힘이 들
어서 하다 관두고 하다 관두기만 몇 년을 반복했다. 그
러다 동네 문화센터에서 요가와 달리기를 시작했는데
달리기를 한 날은 하루 종일 무릎이 아프고, 10분만 뛰
어도 피곤해져 집에 와서 두 시간을 내리 잤다. 그렇게
또 관두었다. 우여곡절 끝에 '링 피트'라는 게임기를 접
하면서 그제야 기초체력을 키울 수 있게 되었다. 사용
자의 수준에 맞게 조금씩 운동 부하를 높이는 시스템
이라 힘들이지 않고 할 수 있다는 점이 잘 맞았고 재미
있었다. 요즘도 링 피트가 나를 살렸다고 말하고 다닌

다. 운동을 지속하니 그림을 그리는 동안 허리가 안 아팠고 운동을 안 하면 허리가 아파 앉아 있지도 못했다. 꾸준히 운동해 기초체력을 쌓고 나서야 매일 뗄 수 있는 체력이 갖추어졌다. 정말 기나긴 여정이었다.

최근에는 커피까지 끊었다. 집에서는 디카페인, 밖에서는 맛있는 카페인 커피를 마시다가 밤에 일찍 잠드는 순간이 좋아 카페인 커피를 아예 안 먹기로 했다. 예쁜 카페에 가서 맛있는 커피를 매일 꼭 한 잔 사 먹는 게 인생의 낙이었는데, 밤 12시에 까무룩 잠드는 경험을 연달아 하고 나니 커피는 예상보다 쉽게 포기가 되었다. 종종 맛있는 커피를 사 먹는 꿈을 꿀 정도로 간절하게 그립지만, 커피를 마셨다가 잠을 설치는 순간을 떠올리면 금세 마음을 접게 된다. 다행히 요즘은 디카페인 원두가 잘 나와서 직접 내려 먹거나 디카페인 커피 맛집을 찾아다니는 새로운 재미를 느끼고 있다. 일찍 자는 것의 소중함을 깨달은 뒤로는 되도록 단기적인 일은 받지 않되, 한다면 충분한 작업 시간을 고려하여 몰아서 일하지 않도록 마감일을 배치하고 있다.

이렇게 살다 보니 '밤에 일이 잘된다' '새벽이 모든 것을 해결해준다' '나는 충동적인 사람이다' '낮의 매력을 거부하기 힘들다'는 것도 실은 불변의 진리(?)가 아니었다는 사실을 깨달았다. 왜 다른 사람들이 그토록 체력 관리와 규칙적인 생활을 해야 한다고 강조하는지도 알게 되었다. 밤에 책도 더 잘 읽히고 이런저런 아이디어도 잘 떠오르는 것은 사실이지만, 체력이 뒷받침되면 낮이라고 불가능한 것만은 아니었다. 오히려 규칙적인 식사와 달리기로 만든 낮의 머릿속이, 그렇게 만들어진 정신력이 더욱 오래갈 단단함을 갖고 있다고 느껴진다.

물 같은 나를 담는 그릇, 기록

나에게는 오래도록 지켜온 나만의 기록 루틴이 있다. 정식으로 기록을 시작한 건 고3 때 입시 준비를 위해서였다. 이루고 싶은 꿈이나 공부 목표를 매일매일 다이어리에 기록하던 것을 시작으로 지금까지 빼먹지 않고 있으니 햇수로 18년이 되었다. 인생의 절반가량을 기록으로 남기고 있는 셈이다. 초등학생 때나 중학생 때도 노트에 뭔가를 끼적이거나 정리했고 일기 쓰기도 좋아해서 기록의 의미를 넓힌다면 더 오래된 습관일지도 모르겠다.

이십대 초반까지만 하더라도 스케줄을 관리하고 그날 있었던 즐거운 일을 남기는 것, 매년 그해에 본 영화와 독서 목록을 작성하는 수준이었다. 지금은 거기에 더해 아이디어, 버킷 리스트, 한 해의 수입과 지출, 세금, 여행, 매달 SNS 팔로워 수, 시청한 드라마와 시리즈 목록, 매일 항목별 노동 시간, 매일 어떤 운동을 하고 어떤 책을 읽고 어떤 영화를 봤는지, 계약한 작업들의 목록과 일정 그리고 아침에 일어나자마자 잰 몸무게와 기상 시간, 점심과 저녁은 뭘 먹었는지까지 모두 수기로 다이어리 하나에 기록하고 있다. 일기나 감상은 다른 노트에 쓴다. 그리고 그때그때 떠오르는 생각들은 휴대폰 메모장에 적는다. 메모장의 글들은 시간이 날 때 한글 파일에 시간순으로 정리하거나, 여유가 있으면 수기로 다시 노트에 전부 옮겨두기도 한다.

다이어리는 내가 어딜 가든 늘 손 닿는 곳에 있다. 하루의 시작과 끝, 한 달의 시작과 끝, 1년의 시작과 끝엔 항상 다이어리를 정리한다. 하루 중 가장 많이 들춰 보는 것이 다이어리고, 하루와 한 달과 1년을 살기 위해 가장 많이 참고하는 것이 다이어리다.

가끔 특이한 기록을 남기기도 하는데, 좁은 집에 살았을 때 내가 가진 모든 옷을 그림으로 그렸던 적도 있다. 어디에 무슨 옷이 있는지 전혀 파악이 되지 않아 거실에 옷을 전부 꺼내놓고는 하나하나 분류해가며 그림

주간 기록

5.27.월 ~ 6.2.일

X 불안증세 → 심리적 특이사항

수면 패턴 →

기상: 12시 몸: ××kg
검: 김치볶음밥
저: 떡볶이, 맥주
운동: X
기타: 반신욕 ♡

기상: 11시 몸: 00kg
검: 샐러드
저: 교자, 쌀치킨
운동: 9km 걷기
기타: 변비

기상: 11시 몸: △△kg
점: 요거트
저: 집밥 뿌시기
운동: 덤벨
기타: PMS ?

완료하면 형광펜을 칠한다

5.27.월
① 에세이 보내기 ✓
② 마을산책 일러스트 그리기
③ 불편한 편의점 시안 ✓
✓각종 이메일 답장

에세 20:15~21:45 (1:30)
시안 22:00~24:00 (2:00)

5.28.화
① 에세이 최종컷 ✓
② 일본어 ✗
③ 세금계산서 ✓
✓ 고양이 사료 ✓

에세이 19:00~20:15 (1:15)

5.29.수
✓ 4시 일본어 수업
✓ 표지 시안 ✓ → 체크 리스트

시안
19:00~19:40 (0:40)
21:00~22:00 (1:00)
23:00~24:00 (1:00)
→ 일한 시간

독서 기록

2024 독서일지

1월

날짜	책	<꽃다발 같은 사랑을 했다>
1.1	동경일일 1권	지니어스 피카소 4-5화
1.2	동경일일 1권	
1.3	동경일일 1권	
1.4		
1.5	물고기는 존재하지않는다	
1.6	동경일일 1권	
1.7	책이너무많아	지니어스 피카소 6-8화
1.8	책이너무많아	지니어스 피카소 9-10화
1.9		
1.10	동경일일 2권	
1.11	동경일일 2권	오싱 1-5화
1.12		
1.13	김약국의딸들	
1.14		
1.15	열심히하지않습니다	

매일 어떤 영화와 드라마를 봤는지.

작업 기록

작업별로 서로 다른색의 형광펜을 칠해둔다.

1월

날짜	컬러링북	책 작업	외주	개인 작업	계
1.1		정은 4:10			4:10
1.2		정은 3:15			3:15
1.3	자유 조사 0:30				
1.4		마음 2:00	레드콜버 2:00 / 5:20		2:30
1.5	5:40		레드콜버 3:00		7:20
1.6	8:05				8:40
1.7		마음 2:00			8:05
1.8	1:50	마음 1:30			3:20
1.9	9:10				9:10
1.10	0:55	만화 2:00			2:55
1.11			심야식당 4:25		4:25
1.12	2:55		카페거리 3:00		5:55
1.13	0:15	응응 2:00			2:15

운동 기록

	7월	8월	9월
1		러닝 10분 / 덤벨	걷기 7km / 러닝 10분
2			러닝 20분
3		걷기 5km / 덤벨 2	빨리걷기 4km
4		러닝 10분 / 걷기 5km	덤벨 / 복근
5	덤벨 2세트	걷기 5km / 스쿼트 80	사이클 20분

→ 양면을 펼치면 6개월 치가 한눈에 보이도록 기록한다.

월별 기록

→ 한 달 목표, 주요 행사들

1
✓ 그림책 콘티 완성   ✓ 명자원 다니기
✓ 미술 전시 ~1.31까지 방문

중요한 마감 위주로 표기.

일은 형광펜, 개인적인 일정은 색연필로 색칠한다.

을 그렸다. 열 시간도 넘게 걸렸던 것 같다. 이제 이 그림표가 있으니 옷 입을 때 혼란스럽지 않겠지 생각했지만 똑똑하게 활용하지 못하고 방치해두었다. 그래도 기록하는 동안, 잊고 있던 옷들이 머릿속에 입력되어 한동안 옷 쇼핑을 하지 않았다.

내가 열심히 기록을 하는 가장 큰 이유는 혼란스러움을 다잡기 위해서다. 혼란스러운 나 자신을 이해하기 위해서다. 나는 종종 너무 물 같은 사람이라고 느낀다. 주변이 차가우면 나도 차가워지고 주변이 뜨거우면 나도 뜨거워진다. 라면수프를 타면 라면 국물이 되고 물감을 타면 그림의 재료가 되는 것같이 살아왔다. 어디에 속해 있는지에 따라 감정이나 생각이 쉴 새 없이 변한다. 주변의 영향을 너무 쉽게 받는다. 변화하는 환경에 따라 자주 충동적으로 생각하다 보니 넘치는 생각을 스스로 통제하기가 어려웠다. 이런 예민한 성향 덕에 오히려 세상에서 영감을 받고 그림을 그릴 수 있고 이리저리 부유하는 정신을 마음껏 흘려보내며 자유롭게 살 수도 있지만, 어째선지 나는 자꾸 흐물거리는 나를 이해하고 정리하고 어딘가에 담아두려고 부단히 애를 써야만 마음이 편했다. 잡생각이 늘어나면 머릿속에 홍수가 나서, 내가 가진 또렷한 재능들마저 흙탕물에 빠지는 것 같았다. 흙탕물로 혼탁해지면, 각오들은 결국 행동으로 이어지지 못했다. 행동으로 잇지 못하고 꿈을 실현하지 못해 마음이 괴로웠다. 결국 기록이라는 그릇을 꺼내 나를 자꾸 담으며 흐르는 성질을 제지해야만 했다. 소용돌이치는 생각들을 어딘가에 적어서 뱉어내는 식으로 해소하거나 내가 어떤 생각들을 하고 있는지 정리해서 객관적으로 거리를 두고 다시 판단해보는 수밖에 없었다.

생각을 기록해두면 나중에 다시 읽었을 때 내가 어떤 생각을 불필요하게 반복했는지 파악됐고, 할 일을 정리해두면 해야 하는 많은 일에 짓눌리기보다 체크리스트를 처리하는 방식으로 충동성을 억누를 수 있었다. 때로 정신이 너무너무 괴로울 때면 그 괴로움의 원인이 어디에서 왔고 해결책은 무엇인지 표로 정리해두기도 한다. 표를 보며 단기적으로 해결할 문제인지 장기적으로 해결할 문제인지도 파악해본다. 그런다고 문제가 당장 해결되진 않지만 붕 뜬 마음은 어느 정도 가라앉힐 수 있고 문제를 해결하기 위한 목표도 다시 세울 수 있다.

지겨운 사실은 어떻게 해도 나의 이 물 같은 성질, 자주 변하고 흐르고 흔들거리고 어지러운 성질만큼은 절대 바뀌지 않는다는 점이다. 아무리 기록하고 규칙적으로 정리하려고 해도 나는 언제나 이리 튀고 저리 튀며 변화한다. 그렇기 때문에 더더욱 기록을 그만두지 못하고 있다.

기록을 하는 또 다른 이유는 이상적인 모습에 나를 맞추는 것이 아니라 일단 내가 어떤 사람인지 파악하기 위해서다. 앞의 이유와도 연결되는데 나는 나를 이해하고 기억하는 게 세상에서 가장 어렵다. 어릴 때는 내 능력이 어디까지인지 전혀 몰랐다. 나보다 사회에서 요구하는 능력에 맞춰야 한다는 의무감에 시달렸다. 공부는 잘하면 잘할수록 좋고, 돈은 많이 벌면 벌수록 좋고, 사람은 완벽하면 완벽할수록 좋다는 이야기에 쉽게 넘어가서 이상적인 나를 꿈꾸었다. 그러다 보니 현실과의 격차에 괴로워졌다. 늘 괴롭기만 한 내 상태를 보고 문제의식을 느꼈다. 이렇게 괴롭다면 무언가 잘못된 것이라고, 내가 해야 할 일은 이상적인 모습에 나를 맞추는 게 아니라 일단 내가 어떤 사람인지 파악해야 하는 것이라고 생각했다. 거기에서부터 내가 할 수 있는 걸 시작했다. 기록은 나 자신을 이해하고 파악하기 위한 관찰 일지였다.

기록을 시작하고 나서 하루에 몇 시간 일해야 컨디션이 좋은지, 성격과 감정 변화는 어떠한지, 어떻게 살아야 가장 나답고 행복한지를 조금씩 이해해갔다. 기록이 가져다준 가장 큰 수확은 내가 무척 느린 사람이라는 걸 깨닫게 되었다는 점이다. 풍경 그림을 그리기로 다짐하고 실천하기까지, 운동을 해서 체력을 키우겠다고 다짐하고 실천하기까지의 기록을 보면 나는 아주 오랜 시간 천천히 변화를 보여왔다. '아, 나는 원래 좀 느리게 성장하는 사람이구나'를 알고 나자 다른 무언가를 시도할 때도 '난 원래 이래' 하고 믿어줄 수 있게 되었다. 세상의 기준이 아니라 나만의 속도로 나를 이해할 수 있게 된 것이다.

때로는 더 나은 사람이 되고 싶어서 기록한다. 기록은 거짓말을 하지 않는다. 기억은 감정이나 기분에 따라 언제든지 왜곡된다. 지망생 때 너무 그림을 안 그리니까 정신 좀 차려보자는 의미에서 매일 그림 그리는 시간을 분 단위로 기록하기 시작했다. 어느 날 '요즘 너무 열심히 그린 것 같아' 뿌듯해하며 기록을 살펴봤는데 내 기억과 전혀 달랐다. 하루에 여덟 시간 정도 그렸다고 생각했지만 서너 시간씩 며칠 그린 것이 고작이었다. 기억과 실제가 이렇게 다른지 처음 알았다. 그 후로 노력의 규모를 정확히 파악하고 착각에 빠지지 않기 위해 그림 그리는 시간을 매일 기록하고 있다.

기록할 때 목표는 세우지 않는다. 구체적인 목표를 세우면 스트레스를 받기 때문이다. 하루에 몇 시간 그리겠다는 식의 약속을 하지 않고, 그저 내 페이스에 맞게, 그때그때 상황에 맞게 일을 하고 기록해둔다. 그다음은 내가 어떻게 살고 있는지 관찰하는 것이 전부다. 관찰 결과, 나는 멀티 플레이가 잘 안 된다는 것, 의도하지 않아도 일주일에 이틀은 반드시 쉬어야 일이 잘된다는 것, 한 달에 몇 개의 외주 작업을 해야 번아웃이 오지 않는다는 것을 알게 되었다. 예전에는 단순히 나의 '근자감'만 믿고 일을 왕창 받아 울고불고 후회하는 경우가 많았다면, 이제는 얼마만큼 일해야 나가떨어지지 않을지 적정 노동량을 조금은 파악하고 있다.

여러 실용적인 이유들이 있지만 나는 무언가를 남기

고자 하는 본능적인 욕구와 충동을 잘 느끼고 그 자체에서 재미를 느끼는 사람인 것 같기도 하다. 지망생 때 많은 영향을 받았던 영화 〈멀홀랜드 드라이브〉를 언제 봤는지 다이어리를 뒤적거리다가 연도를 다시 확인하는 순간이 너무 재밌다. 수기로 기록하는 것뿐만 아니라 사진으로도 많은 순간을 남겨두는데 사진첩 다시 보기도 너무너무 좋아한다. 때로는 재개발로 사라지는 마을의 풍경을 보며 남겨놓아야겠다는 충동을 느끼기도 하고, 주변 사람들이 했던 아름다운 말이나 그들의 인생을 기록하고 싶다는 생각도 자주 한다. 나는 그냥 이런 사람인가 보다.

가끔 기록들을 들춰볼 때 어느 과학자의 연구실에 있는 플라스크 용기에 담긴 액체들을 보는 것 같은 기분이 든다. 나를 연구하고 파악하기 위해서 내가 남겨둔 나에 관한 자료들. 나라는 물은 아무리 담고 또 담아도 형체가 고정되지 않고, 불순물을 제거하고 또 제거해도 늘 혼탁하다. 더군다나 늘 수도꼭지가 열려 있어 양이 줄어들지도 않는다. 고정되지 않고 흘러넘치는 나와, 어떻게든 그런 나를 담아 정리해보려는 마음이 늘 뒤엉켜 있는, 그런 고군분투가 담긴 나만의 연구실, 나의 기록들. 기록은 나에게 나를 담고 나를 이해하기 위해 반드시 필요한 그릇과도 같다.

네모난 홍보의 장

인스타그램에 새 그림을 몇 달 동안 올리지 않은 적이 있다. 외주 작업이나 신간에 들어가는 일러스트가 아닌 창작 그림은 거의 1년 가까이 올리지 않은 것이다. 그 때문에 아주 가끔 안절부절못하고 일종의 죄책감마저 느꼈다. 내 창작 작업의 1호 팬인 남편은 "여보, 새 그림 언제 나와……?"라며 걱정 반 설렘 반으로 조심스레 물었다. 그렇다고 그림을 전혀 그리지 않았던 것은 아니다. 인스타그램에 올릴 만한 그림이 아니었을 뿐.

일이 아닌 창작 작품을 계속 선보이는 건 일러스트레이터라는 직업을 유지하는 데 있어 매우 중요하다. 단순한 생각인지는 모르겠지만 외주 작업 게시 글보다 좋아요 수나 반응도 좋고 그 그림들이 나를 알리는 것은 물론, 팔로워도 많이 늘어난다. 나 역시 내가 좋아서 그리는 그림들을 가장 좋아한다. 그리고 그림을 그리는 것만큼 중요한 일이 완성된 그림을 인스타그램에 올리는 것이다. 그래서 아무리 바빠도 창작 그림을 그리고 업로드하려 했다.

그런데 언제부턴가 그 일이 의무적으로 느껴지기 시작했다. 최근에 창작 작업을 올리지 않은 건 바쁘기도 했지만 부담감을 느껴서이기도 했다. 세간에는 인스타그램 그림 계정을 잘 운영하기 위한 암묵적인 룰이 있다. 피드의 스타일과 퀄리티를 비슷한 수준으로 유지해야 계정이 성장한다는 것. 내 계정을 보는 사람들에게는 특정 기대치가 있으므로 그에 맞춘 그림을 올릴 때 반응이 좋다. 조금만 다른 스타일을 올려도 팔로워가 후두둑 떨어져 나간다. 줄어드는 숫자를 보면 잘못이라도 한 것처럼 소심해져서 가끔 너무 인기 없는 게시 글을 슥 지우기도 했다. 기존에 그리던 그림과 다르면 다를수록 팔로워 수는 더 많이 떨어진다. 나는 아직 경험도 부족하고, 현재 스타일에 정착할 마음도 없다. 아직 그리지 못한 그림과 세계가 많아 더 다양하게 도전하고 싶은데, 그런 그림들은 당장 어딘가에 올려도 성과를 얻기가 어렵다.

전업 작가가 되기로 결심한 후, 나의 성장을 증명하는 것은 늘 인스타그램이었다. 사람들의 반응이 즉각적으로 보이고 커리어를 한눈에 전시할 수 있는 대표적인 명함과도 같아서 계정을 키우는 일이 지망생 시절부터 죽 가장 표면적인 목표였다. 계정을 키워야 안정권에 들어갈 수 있다고 믿었다. 그렇게 생각하던 습관 때문인지 언제부턴가 '인스타그램에 올리기 적합하지 않은 그림'은 하나도 그리지 않게 되었다. 아이디어가 떠올라도, 시간이 있어도 그리지 않았다. 점점 그림을 그리지 않는 사람에 가까워져 갔다.

대신 업무를 보듯 사람들이 기대하고 좋아하는 것만 기획하고 있었다. 온라인수업이나 여러 질의응답에서 사람들에게 항상 '자유롭게 부담 없이 좋아하는 것을 그리라'고 말했는데, 내가 그러지 못하고 있었다. 특정 퀄리티의 그림을 그려야 한다는 의무감과 부담감을 항상 안고 있었고, 그건 그림을 '그리는' 것이 아니라 '생산하는' 기분이었다. 프리랜서라는 직업을 꾸려나가기 위해 이 정도의 비즈니스적인 의무감은 성실하다고 볼 수 있겠지만, 나는 그래도 그림을 대하는 첫 번째 마음이 사랑이었으면 했다. 그림이 아무리 일이어도 때로는 종이 위에서 맘껏 놀 줄도 알고 무용한 그림도 그려보고, 당장 쓰임이 없을지언정 나 자신을 탐구하기 위한 다양한 실험들을 해보고 싶었다.

가끔은 인스타그램의 팔로워나 좋아요 수와 나를 동일시하는 실수를 범하기도 했다. 좋아요가 평소보다 많지 않으면 기분이 좋지 않았고, 훌륭한 작가들이 넘치는 세계를 탐험하다 보면 인스타그램은 비교의 장으로 변모해 마음이 불안하고 조급해지기도 했다.

어떤 선배 작가에게 이런 고민을 털어놓았을 때 "작가로서의 자신과 인간으로서의 자신을 분리해야 마음이 다치지 않는 것 같아요. 작가로서의 자신은 나의 또 다른 페르소나여야 해요"라는 말을 해주었다. 그는 SNS보다 현실에서 더 많은 작업을 하고 더 많은 사람을 만나며 살아가고 있었다. 선배의 말을 듣고 깨달았다. '아, 어쩌면 나는 인스타그램과 나를 지나치게 동일시하고 있었는지도 몰라.'

눈을 돌려 꾸준히 자유롭게 작업해나가는 많은 작가를 관찰하니 꼭 팔로워 숫자가 많지 않아도 작가로 충분히 우뚝 설 수 있고 행복할 수 있겠다는 가능성이 보였다. 내가 존경하는 어떤 애니메이션 감독은 비교적 팔로워가 적지만 아름다운 작품을 만들고 끊임없이 의뢰도 받으며 바쁘게 산다. 대중적으로 유명하진 않아도 현장에서는 누구보다 인정받는 작가다. 인스타그램 계정이 아예 없는 작가들도 있다. 없어도 활발하게 작품 활동을 이어나가는 데 아무런 지장이 없다고 한다. 그런 작가들에게서 겉으로 드러나는 수치에 연연하지 않는 단단한 자신감을 보았다.

요즘 나는 과도기에 있다. 부담감에 휩싸여 생산량을 달성하려는 게 아니라 창작으로서 그림을 연습하고 있다. 인스타그램에 올리기 위한 그림이 아니어도 자꾸 그려보는 연습을 하고, 팔로워가 줄거나 계정용 그림을 그리지 않아도 마음이 무너지지 않도록 연습 중이다. 나름대로 인생을 장기적으로 준비하는 것이다. 최근에는 원고를 쓰며 책에 들어가는 그림들을 계속 그렸다. 인스타그램에 새 그림을 올리지 않는 동안, 종이에 끼적끼적 작은 낙서들도 많이 했다. 수채화와 펜화도 시작했다. 나에게 이런 감각과 재능이 있었구나 발견할 때마다, 낙서가 툭툭 나올 때마다 처음 그림을 그릴 때로 돌아간 것 같아 즐겁다.

이 그림들은 언젠가 천천히 공개할 것이다. 그림을 그리면서도 올리지 않는 것은 처음이라 어색하고 죄책감마저 드는데, 그런 마음은 무의미하다고 계속 스스로에게 주문을 걸고 있다. 요즘은 어떻게 내 계정을 팔로우하고 있는 사람들에게 갑작스러운 변화라고 인식되지 않도록 과도기를 잘 보여줄까 잔머리를 굴리는 중이다.

다만 인스타그램에 일희일비하거나 무거운 의무감을 갖지 않겠다는 것이지 인스타그램을 성실히 활용하고 열심히 해야겠다는 생각이 사라진 것은 아니다. 아직도 SNS 업로드는 절대 소홀히 해서는 안 된다고 생각한다.

이유는 하나다. SNS는 누군가가 예술가를 찾아내고 만날 수 있는 가장 흔하고 쉬운 수단이기 때문이다. 나는 아직도 내가 만나지 못한 작가들을 찾아 헤맨다. 만나면 분명히 사랑에 빠질 터인데 아직 독자에게 닿지 못한 작가들을 항상 찾는다. 그림책 서점에 가고 미술관에 가고 인스타그램에 '드로잉'이나 '일러스트레이션' 같은 해시태그를 검색하면서 이 세상에 존재하는 수많은 화가를 물색하고 또 물색한다. 그러다 보면 반드시 만나게 된다. 색감부터 질감까지 모두 내가 좋아하는 느낌에, 내 마음을 안정시켜주는 그런 그림들을. '그동안 어디 있었던 거예요!' 오랫동안 숨어 있던 그들은 예상치 못한 경로와 시간에 무작위로, 뒤늦게 발견되곤 한다. 국가나 사는 시대가 멀면 멀수록 만날 가능성은 희박해지므로 내 영혼에 들어맞는 예술가가 이미 오래전 사람이거나 국내에 자료가 많이 없을 때는 마음이 애석하다.

나 또한 남들에게 그런 작가일 수 있다고 믿는다. 이 넓은 지구 어딘가에, 내가 모르는 어떤 마을에 내 그림을 사랑해줄 수 있는 마음을 가진 누군가가 아직 나를 만나지 못했을 수도 있다. 나는 그런 사람들을 위해 인스타그램을 한다. 그런 사람들에게 가닿기 위해 열심히 나대야 한다. 트위터도 블로그도 유튜브도, 인터뷰를 하거나 전시를 하는 것도 모두 같은 이유에서다. 사실 나는 휴대폰도 인터뷰도 전시도 그렇게 좋아하지 않는다. 휴대폰은 단점이 너무 많아 없애는 것이 소원이고, 인터뷰나 전시는 부족한 나를 어떻게든 부족함이 없는 사람인 것처럼 꾸며야 할 것 같아 어렵다. 그런데도 얼굴에 철판을 깔고 열심히 한다. 어딘가에서 혹은 다른 시대에서 나를 닮아 내 그림을 영혼으로 좋아해줄 누군가를 만날 수 있을지 모르니까. 자신도 모르게 나를 기다리고 있을 누군가를 위해서 말이다.

그림을 올리는 게 두려웠던 지망생 시절에는 차라리 이렇게 생각했다. 내 그림을 좋아하는 사람이 이 세상에 단 한 명만 있어도 된다고, 한 명의 마음은 절대 가벼운 것이 아니라고, 한 명의 사랑을 받기가 쉬운 것이 아니라고. 단 한 명만 사랑해줘도 그림은 세상에 나올 가치가 있다고 믿었다. 그런 마음으로 그림들을 업로드했다. 한 명 이상은 반드시 만날 것이므로, 모든 그림 공개는 항상 의미 있는 일이었다. 실제로 나는 인스타그램을 통해 많은 사람을 만나왔고 종종 팔로워들에게 갑작스러운 러브 레터를 받기도 한다. 그림들은 업로드되는 즉시 여러 사람에게 예쁨받고 사랑받는다. 인스타그램이 종종 괴로움을 주고 자꾸 연연하게 되어도 끊을 수 없는 이유, 이런 '메신저'로서의 장점이 더 크기 때문이다.

디엠과 댓글로 편지와 응원의 말을 받을 때
그림을 계속 그릴 힘을 얻습니다.
서로 만난 적은 없지만 애정을 주고받을 수
있다는 게 얼마나 기적 같은 일인지 몰라요.
귀한 사랑 주셔서 감사합니다.

저작권은 작가에게

    광고 회사, 기업, 음악 레이블, 영화배급사, 방송국, 공공기관 등 그림을 의뢰해오는 곳은 다양하다. 하지만 근 몇 년간은 거의 출판사에서 의뢰받은 일 위주로 하고 있다. 책을 좋아하기도 하고, 경험상 출판사와 일하는 것이 나와 가장 잘 맞아서이기도 하다.

    의뢰 메일의 스타일과 내용은 보내는 사람에 따라 회사에 따라 천차만별이다. 비용이 얼마인지 간을 본 후 연락이 두절되는 경우도 많고, 의뢰 내용을 이해할 수 없을 정도로 두서 없거나 비문이 많을 때는 재빨리 에둘러 거절 의사를 내비친다. 첫 메일부터 생전 처음 보는 캐릭터를 들이밀면서 '수정이 필요한데 ×월 ×일 까지 가능하시죠?'라며 내 의사는 묻지도 않고 부하 직원에게 일을 던지듯 메일을 보내온 곳도 있다. 잘못 온 줄 알았다. 레퍼런스를 보니 평소에 내가 전혀 그리지 않던 스타일이라서 왜 나에게 이 일을 부탁하는 걸까 싶은 경우도 생각보다 많다. 경력 초반에는 클라이언트의 명성이나 금액을 보고 덜컥 계약했다가 후회하는 경우도 있었지만, 요즘은 첫 메일만 봐도 일이 어떻게 흘러갈지 어느 정도 감이 온다.

반면 출판사의 경우는 의뢰 내용도 의뢰 방식도 알아듣기 쉽고 깔끔하며, 작가의 일을 이해하고 대우해주는 곳이 상대적으로 많았다. 아무래도 그림작가를 포함해 작가들과 일했던 경험이 많아서 그렇지 않을까. 다른 작업에 비해 책 표지 작업을 더 많이 하려고 하는 데에는 이런 이유도 있었다.

하지만 출판사라고 해도 계약서를 쓰기 전까지는 하하 호호 하다가 계약서 파일을 받는 순간 한숨이 나오며 이마를 짚게 되는 경우가 있다. 바로 '저작권은 출판사에 귀속되며……'라는 대목을 만났을 때다. 이 문장을 읽는 순간 바로 답장을 쓴다. "저는 저작권 양도 계약은 하지 않습니다."

다행히 이렇게 말하면 99퍼센트는 죄송하다며 계약서 수정을 해준다. '작가님이 우려하시는 그런 일은 당연히 없겠지만 수정을 하겠다'고 말하는 경우도 있다. 물론 나도 안다. 저작권 양도 계약이라고 해서 내 그림을 이리저리 뒤바꾸고 팔아먹어 이득을 보겠다는 의도가 없는 곳이 더 많다는 사실을. 애초에 계약 건에 해당하는 도서만을 위해 그려진 그림을 다른 데 사용하며 이익을 보기란 현실적으로 힘들다는 것도 인지하고 있다.

그럼에도 내가 저작권 양도를 원하지 않는 이유는 단순하다. 내가 그린 그림의 저작권은 당연히 나에게 있어야 하기 때문이다. 상식일 뿐이다. 만에 하나라도 내 그림이 의도와 무관하게 변형되거나 활용되거나 여기저기 쓰이게 되기를 원하지 않는다. 내 그림을 다른 사람이 마음대로 손대고 변형하다니, 썩 유쾌하지 않다. 문자 그대로 정말 '만에 하나'일지라도 상상조차 하기 싫다.

계약서 파일을 열어보면 아직도 열에 두셋 정도는 저작권을 양도해달라는 조항이 쓰여 있다. 그러니 계약서 첨부파일을 열어보기 전에 '이번엔 또 어떤 문구가 쓰여 있으려나' 긴장될 정도다. 역시나 우려스러운 계약서를 받으면 '또야? 최근 몇 년 동안 출판계에서 저작권 관련 이슈가 크지 않았나? 그런데도 아직 이런 계약서를 쓴다고?' 하는 생각이 들어 너무 놀랍다. 더욱 아찔해지는 것은 여전히 이런 계약서가 쓰인다는 말인즉슨 지금까지 그 출판사와 일한 다른 일러스트레이터들은 저작권 양도 계약을 해왔다는 뜻이 아닌가. 누군가 이전에 지적했다면 계약서 조항의 내용이 바뀌었어야 하는 것 아닌가. 아니면 일단 저작권 양도 계약을 내민 뒤 나처럼 수정을 요구하는 경우에만 수정해주는 것인가. 어떤 경우든 아찔하다.

끝까지 저작권 양도를 요구하는 출판사도 있었다. 다름 아니라 아이들이 보는 교과서를 만드는 곳이었다. 그곳은 어떤 작가라도 이렇게 계약하며, 내가 우려하는 일은 벌어지지 않을 것이고, 그림을 다른 책에 활용하는 경우를 대비해 출판사에서 저작권을 모두 가져가야 한다고 이야기했다. 나는 다른 책에 내 그림을 쓰고 싶다면 사용 범위를 계약서에 명시하면 되지 않느냐고 물었지만 어째선지 받아들여지지 않았다. 내 기준은 그렇게 빡빡하지 않다. 교과서 업계가 관습적으로 교과서에 실린 그림을 자습서나 응용서에 사용해왔다면, 그 정도 사용 범위는 나 역시 동의할 수 있다. 하지만 더 씁쓸했던 점은 그 출판사에서 제안한 금액이 평소 다른 곳에서 받는 금액의 3분의 1에서 절반 수준이었다는 점이다. 금액은 절반인데 그림의 저작권은 가져가겠다니, 교과서에 들어간 그림들이 이런 계약을 통해 그려진 그림들이라니, 모든 작가가 이 계약서에 사인을 해왔다니. 물론 사람마다 받아들이는 정도의 차이는 있겠으나, 나는 정신이 아득해지고야 말았다. 메일을 주고받으며 서로 언쟁이 오가거나 기분이 상하지는 않았다. 둘 다 성실하고 친절하게 대화에 임했지만 끝까지 저작권 양도를 '당연히' 요구하는 그곳의 태도에 며칠간 가슴이 답답하고 안타까웠다.

교과서 만드는 일을 했던 친구에게 이 상황에 대해 얘기했더니 "다들 그렇게 한다"는 답변을 들었다. 그렇게 할 수밖에 없는 가장 큰 이유는 예산이 적어서라고. 친구의 이야기를 듣고 나니 출판사 입장도 이해는 됐지만, 저작권을 양도하지 않겠다는 기조는 꺾고 싶지 않아 결국 계약은 하지 않았다. 얼마 후 다른 교과서 출판사에서 연락이 왔는데 역시 현저히 낮은 금액과 저작권 양도를 말하기에 또 계약이 불발되었다.

'판권'을 자신들이 갖겠다는 계약서를 들이미는 곳도 있었다. 계약서 수정을 요구했더니 수정해주지 않기에 대신 '저작권'은 작가에게 있음을 보장해달라고 하자 그렇게 해주었다. 참고로 '판권'은 국내 저작권법에 등록되어 있지 않은 개념이 모호한 표현이며, '저작권'이라는 말을 써서 저작물을 보호해야 한다. 이 출판사와 해외 수출 관련해 문제가 생겼을 때 '판권'에 대한 해석이 서로 달라 곤란했지만, '저작권'은 나에게 있었기 때문에 큰 문제가 되지 않았다. 이 글을 읽는 분들 중 일러스트레이터 지망생이 있다면 유념하시길. 계약서에서 '판권'이라는 단어는 사용하지 않는 것이 좋다.

돌이켜보니 일러스트레이터 모임 같은 데도 들어간 적이 없고, 나 또한 저작권이나 계약에 관해서는 경험이나 책을 통해 혼자 배워왔다. 대학생 때 부전공이 법학이었고 한때 변호사를 꿈꿔 계약서를 신경 쓰는 편이라 저작권법에 대해서는 사건이 생길 때마다 기사를 찾아보거나 강연을 듣기도 했다. 국가에서 하는 지원사업의 일환인 저작권 강연도 유익하다. 실용적인 내용들이 아주 많아서 프리랜서라면 꼭 다들 들어두길 권한

저작권 전반에 대해
쉽게 알 수 있는 책.
추천합니다. :)

다. 『이제는 알아야 할 저작권법』이라는 책도 쉽게 쓰여
있어 도움이 된다. 다른 일러스트레이터들은 어떨까?
저작권법에 대해 보통 어떤 인식을 갖고 있을까? 어디
와 어떤 계약서를 쓰고 있을까? 다들 각자 일하다 보
니 전체 현황이 어떤지, 어떤 문제가 있는지 표면적으
로 드러나지 않고 대화할 공간이 없다. '일러스트레이

터 노조를 만들어야 하나?' 같은 생각까지 해봤다.

　이런 일도 있었다. 종종 내가 그렸던 책 표지 그림의 날씨나 계절 등만 바꾸어 특별판을 만드는데, 또 그런 제안이 왔다. 하지만 아쉽게도 이미 일정이 모두 차 있었고, 담당자는 홍보 기획을 접을 순 없어 다른 분에게 그림을 부탁해야 할 것 같다며 양해해달라고 했다. 몇 주 후 다시 메일이 와서 다른 일러스트레이터가 비슷한 그림체로 표지를 그렸으니 확인을 부탁한다는 것이었다. 그림을 열어봤더니 이런, 내 그림과 많이 흡사했다. 너무 닮아서 내가 그렸다고 하기에도 그분이 그렸다고 하기에도 애매해 보일 정도였다. 순간 당황해서 아무 말도 나오지 않았다.

　만약 음악의 경우라면 편곡, 시나리오의 경우라면 각색이라는 개념이 있지만 일러스트레이션이 이렇게 재구성되는 경우는 뭐라고 해야 할까? 당황스러운 기분을 전하자 출판사 측에서는 죄송하다며 '오리지널 그림 반지수'라는 표기를 넣어주기로 했다……. '그림의 원작자' 같은 게 된 셈이다. 난생처음 보는 경우지만 그렇게 됐다. 사실 비슷하게 나올 줄 알았다면 처음부터 허락하지 않았을 것이다.

그림을 넘겼더니 내 동의 없이 색채가 바뀌어 있거나 팔로워에게 호의적인 내용의 디엠이 와서 팬레터인가 하고 읽어보니 "그림을 사적으로 소장하고 싶은데 원본을 보내주실 수 있나요?"라는 부탁도 받아봤다. 나도 모르는 사이 내가 그린 표지가 해외에 팔릴 뻔한 적도 있다. 다른 작가들이 그림 도용 사례를 언급하며 주의하라고 게시 글을 올린 것도 여럿 봤다. 다른 사람이 내 그림을 수정하는 것도, 내가 모르는 사이 여기저기 이용되는 것도, 내 원본을 타인이 손쉽게 손에 넣는 것도 싫다. 그림 수익이 원작자 모르게 다른 사람 주머니에 들어가는 것은 범죄라고 할 수도 있고. 그래서 저작권을 양도하지 않는다. 애초에 저작권을 '양도'한다는 개념 자체에 반대한다.

내가 이런 말을 했더니 혹자는 "어떤 일러스트레이터들은 저작권 양도 계약이라도 기회이고 소중해서 사인을 할 수밖에 없다"고 말한 적이 있다. 그 계약서에 사인한 일러스트레이터가 잘못했다는 말은 아니다. 힘없고 일 없는 일러스트레이터에게 그런 계약서를 내민 곳이 나쁜 것이지. 나뿐만 아니라 저작권 '양도' 계약은 모두가 조심하거나 안 했으면, 하고 바라지만 실은 클라이언트 측에서 먼저 저작권을 건드리지 않는 것이 맞다. 아주 특수한 경우가 아니라면 그런 문화는 사라져야 한다.

계약서를 읽다가 한숨 쉬는 일은 언제쯤 사라질까. 그림의 저작권은 작가에게 있다는 당연한 사실을 이마에 써 붙이고 다녀야 더 이상 문제가 안 생기려나. 작가가 구구절절 수정을 요청하고 설명하지 않아도 창작자의 저작권이 당연하게 존중받고 인정받는 날이 오길 바란다.

팩트반과 칭찬반

3년 정도 온라인수업을 한 적이 있다. 실시간으로 진행하는 것은 아니고 미리 찍어놓은 동영상을 수강생들이 자신이 원하는 시간에 재생해서 강의를 듣는 방식이었다. 그래도 매일 수강생들이 숙제로 그린 그림을 업로드하면 피드백을 남겨주어야 했다. 수업이 한창 인기 있을 무렵에는 그림이 매일 40~50개씩 올라오기도 했으니, 나에게는 꽤 큰일이었다. 전국 각지에서 올라오는 그림들을 보며 온라인 플랫폼의 신박함에 감탄하던 것도 잠시, 피드백도 보통 어려운 일이 아니라는 사실을 깨달았다.

유독 답하기 어려운 질문들이 있었다. 앞뒤 설명 없이 그냥 조언해달라고 하는 경우 무엇부터 말해야 할지 난감했다. 왜냐하면 그 사람이 '어떤 그림을 그리고 싶은지' 나는 모르기 때문이다. 아주 사실적인 그림이 목표일 수도 있고, 디자인과 데포르메가 중점인 그림을 그리고 싶을 수도 있고, 취미가 목표일 수도 취직이 목표일 수도 있을 테다. 목표가 무엇인지에 따라 해줄 수 있는 말이 다르다. 그러면 나는 늘 어떤 그림을 그리고 싶은지 되물었다.

그림을 전문적으로 그려보고 싶은데 학원을 다녀야 하느냐는 질문에도 답하기 어려웠다. 내가 학원을 제대로 다녀본 적이 없으므로 해보지 않은 경험에 대해 말할 수는 없었기 때문이다. 직업으로 삼을 수 있을까요, 라는 질문도 마찬가지였다. 언제 될지 어떻게 될지 그림 중에서도 어떤 장르를 선택할지 고려해야 하는 것은 물론, 직업으로 발전시키기 위해 거쳐야 할 산은 너무 많으므로…… 된다고 하기도 안 된다고 하기도 어렵고 주제넘은 답변이 될 것이라 나는 응원밖에 해줄 수 없었다.

수업을 하며 가장 많이 만나는 수강생 유형은 "너무 못 그려서 의욕이 꺾여요"라고 말하는 사람들이다. 온라인수업의 특성상 난이도별로 분반이 되어 있지 않다

보니 그런 경우가 많아진 것 같다. 혼자 그림을 그리는 동안에는 나름 즐거웠을 수 있다. 그런데 막상 그림을 올릴 때가 되자 '다른 사람들이 너무 잘 그려서 주눅 든 다'는 생각이 드는 것이다. 재야의 고수부터 선 한번 그 어본 적 없는 사람들까지, 수강생들의 스펙트럼은 매우 넓었다. 거기다 플랫폼에서는 늘 '누구나 할 수 있어 요!'라고 마케팅을 해대니, 정말 생초보인 분도 많았다. 그렇지만 수업료가 아깝다는 생각이 들면 안 되니까 수업의 난이도는 성취감이 느껴질 정도로 약간 어려워야 했다. 또 내 수업은 디지털 프로그램 사용에 특화되어 있어서 물감이나 연필로 그림을 잘 그리는 분들도 툴을 배우기 위해 몰려들었다. 초보인 분들은 멋진 그림을 슥삭슥삭 완성해내는 베테랑들을 보며 '내가 그림을 계속 그려도 되나' 의기소침해했다.

나는 그들에게 매번 용기를 주려고 노력했다.

그림 그리기는 헬스랑 비슷해요. 헬스 첫날 높은 무게를 한 번에 들 수는 없지요. 조금씩 꾸준히 근육량을 늘리고 근육통도 느껴야 점점 수월해져요. 그림도 마찬가지랍니다. 수강생님이 보신 잘 그린 그림은 헬스 5년 차의 실력

같은 것입니다. 혹시 헬스장에서 5년, 10년 운동하는 사람을 보면 그만두고 싶어지나요? 아니면 '나도 저렇게 되어야지'라고 생각하시나요? 지금은 누구나 거치는 근육통을 느끼시는 중이니 조금 쉬었다가 다시 천천히 해보아요.

*

우리가 어린 시절 학교에서 리코더를 배울 때, 처음부터 완벽하게 연주하는 사람은 없지요. 자전거도, 요리도 모두 마찬가지예요. 하지만 여러 번 반복하면 시간이 지날수록 익숙해지지요. '어렵다'는 사실 '익숙하지 않다'의 다른 표현이래요. 시간을 들여 계속하면 익숙해지고 덜 어려워질 거예요. 그림도 마찬가지니 아주 자연스러운 과정을 지나가고 계신 겁니다. 지금 잘못하고 있는 건 하나도 없습니다.

*

수강생님은 그림을 왜 그리기로 하셨나요? 즐거워지고 싶어서는 아니었나요? 우리가 가수가 될 것이 아니고 가수처럼 노래하지 못해도 노래방에 가는 것처럼, 테니스 선수가 될 것이 아니지만 테니스를 취미로 치는 것처럼 그림도 그렇게 대하시면 좋아요. 누구보다 잘해야 한다는 생각보다 '나는 즐거운지'에 집중해보는 시간을 만들어보시면 어떨까요?

주눅 든 사람들이 그림을 미워하고 싫어하게 되지 않도록 댓글에 위로의 말을 편지 쓰듯 달았다. 개인 전시를 할 때 "저 예전 수강생이에요" 하며 인사를 건네주는 분이 많았는데 "그때 댓글에서 해주신 말씀이 도움되었어요" 라고 말씀해주시는 분들을 만나면 다행스러웠다. 나의 마음이 잘 전달되었구나 싶어서. 온라인으로만 만나던 분들의 얼굴을 뵙는 일도 좋았고 말이다. 아직도 디엠이나 메일로 종종 이런 연락을 받아 매번 뿌듯함을 느낀다.

"요즘도 그림 그리시나요?" 묻는 말에 "그게 참 어려워요" 라며 왜 그림을 그리기 어려운지 줄줄 말씀하시는 모습을 보면 너무나 귀엽다. 흰 종이가 무서워서, 현업이 바빠서, 잘 그리는 사람이 너무 많아서, 뭘 어떻게 그려야 할지 모르겠어서, 욕심이 나서……. 조금 뾰루퉁한 얼굴로 하소연하는 사람들에게 걱정을 담아 말한다. "저도 아직 그래요. 뭘 어떻게 그려야 할지 항상 고민하고, 흰 종이가 무서워요." 이렇게 말하면 "어머, 선생님도 그런 고민하시나요?"라며 다들 놀란다.

나도 여전히 그림이 두렵다. 수강생분들에게 위로의 말을 건넬 수 있었던 건 나 또한 그 말들이 필요해서이기도 했다. 즐겨보세요, 참아보세요, 견뎌보세요, 스트레스받지 말아보세요, 다 괜찮아요, 라고 말하지만 사실 나도 매번 즐겁게 자유롭게 그림을 그리지는 못한다. 다 괜찮아요, 라는 말은 바로 내가 나 자신에게 하루도 빠짐없이 해줘야 하는 말이다. 작가로 살아도 무섭고 어렵고 괴로운 것이 그림이라는 이야기를 하면, 수강생분들은 "작가님도 그러시다니 위안이 돼요"라며 마음이 놓인다는 표정을 짓는다.

그림을 그리면서 마음속 괴로움을 깨닫는 분들이 많았다 보니, 피드백을 할 때는 그들의 마음을 신경 쓰며 장점 위주로 말하려고 애썼다. 나 또한 남들에게 피드백을 받을 때는 장점 위주로 듣는 편이 좋기도 했다. 그런데 열에 한두 번 이렇게 반응하는 분들이 있었다.

"선생님, 그냥 솔직하게 말해주세요."

아차. 어떤 사람들은 무턱대고 용기를 북돋워주는 것보다 자신이 개선해나가야 할 부분을 듣고 싶어 할 수도 있다. 아무리 취미 미술이라도 무언가를 배우는 사람들 중에는 '즐기기'보다 '실력 키우기'에 욕심을 내는 사람도 적지 않을 터였다. 그런 분들에게는 어떤 부분을 고치면 그림이 더 좋아질지에 대해 신나게 답변을 단다. 고백건대 사실 내 성미는 그림의 고칠 부분을 말해주는 것이 더 재미있고 편하다. 그동안은 사람들이 상처받고 그림으로부터 달아나지 않도록 노력한 것이었다.

이렇게 모두가 처한 상황과 목표에 따라 매번 다르게 피드백을 해주다 보니, 차라리 피드백을 기준으로 '팩트반'과 '칭찬반'으로 나누어도 좋겠다는 생각이 들었다. '팩트반'은 비평이나 기술 위주로 의견을 듣고 싶은 사람이, '칭찬반'은 장점 위주로 의견을 듣고 싶은 사람이 듣는 것이다. MBTI로 하면 T반과 F반이라고 할 수도 있겠다. 비평이나 개선점 위주로 의견을 쓸 때 나와 더 잘 맞았다고 느낀 것은 내가 T 비율이 높은 사람이라서 그런지도 모른다. 이렇게 분반을 하면 선생님도 편하고 수강생들도 편하지 않을까?

이런 생각을 트위터에 올렸더니 수천 명이 리트윗하면서 좋은 아이디어 같다며 자신의 경험을 공유하고 공감해주었다. 누구는 칭찬만 해주는 선생님이 싫어 그림 그리기가 싫었고, 누구는 고쳐주기만 하는 선생님이 싫어 마음이 괴로웠다고 한다. 피드백은 사람 따라, 성향 따라 그에 맞는 방향으로 해주어야 듣는 사람에게 효용이 있다는 사실을 다시금 느꼈다.

종종 피드백을 듣는 경우가 있다.

이건 저렇게

저건 이렇게

이건 요렇게 바꾸는 것이 좋아 보이네요.

아 ·····

··· ···

예 ···
일단 ···
알겠습니다 ···

아아 기운 빠진다 ···

흘려 보내는 중

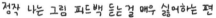

정작 나는 그림 피드백 듣는 걸 매우 싫어하는 편

어디까지나 그 사람의 주관적인 생각 아닌가?

지금은 내가 할 수 있는 장점을 살리는게 우선 아닐까?

설령 문제가 있다 한들 시간이 흐르면 스스로 깨닫지 않을까?

이런 생각들을 지우기가 힘들다.

그냥
나 스스로
결정하고 깨닫고 싶어.
결과물이 좀 못나도.

그냥
내 맘대로
해야지!

남 말을 안 듣는다.
나의 장점이자 단점

내 성장의 척도

    권고사직 비슷한 것을 당한 뒤 들어가고 싶은 회사를 찾지 못해 뜻하지 않게 프리랜서가 되었던 2018년. 뭐든 해야 한다는 생각에 매주 그라폴리오*에 그림을 올렸다. 올린 지 채 몇 주가 지나지 않아 한 출판사로부터 책 표지화와 본문 삽화를 의뢰받았다. 영화 포스터, 만화, 자료집 같은 데 들어가는 일러스트는 여러 번 그려봤지만 출판사에서 나오는 책의 표지를 제안받은 것은 그때가 처음이었다.

    이제 막 활동을 시작한 일러스트레이터였고 인스타

---

*   작가들이 작업물을 올리는 일종의 포트폴리오 사이트로, 현재는 'OGQ 크리에이터 스튜디오'로 이름이 바뀌었다.

그램 팔로워래봤자 천 명 남짓한, 작가라고 부르기도 민망한 상황이었다. 그런데 미팅에 갔더니 편집자님이 내가 그동안 그렸던 그림들의 장점을 하나하나 짚어주며 내 그림이 이 책과 잘 어울릴 것 같다고 설명해주었다. 합정역 스타벅스에서 미팅을 했던 그때, 우리 옆 옆자리에서 '핫한' 젊은 작가도 편집자와 미팅을 하고 있었다.

기뻤다. 너무 기뻤다. 요즘이야 어떤 제안이 와도 큰 감흥이 없지만 그때는 정말 기뻤다. 수입이 생긴 것도 내 그림을 찾아주는 사람이 있다는 것도 기뻤지만 무엇보다 이 일이 경력에 물꼬를 터주지 않을까, 나도 저 핫한 작가처럼 이 업계에 몸담게 되는 것일까 이런저런 김칫국을 들이켜느라 마음이 들뜨고 배가 불렀다.

당시 맡은 책은 『반딧불 의원』이라는 제목의 소설로, 서울대학교 가정의학과 의사인 오승원 선생님의 의학 관련 픽션이다. 소설의 주 배경인 반딧불 의원은 밤에만 불을 밝히는 작은 병원인데 소설 속 의사는 국내에서는 흔한 개념이 아닌 주치의가 되어 마을 사람들을 지켜보고 건강을 관리한다. 가장 좋았던 건 보편적으로 잘못 알려진 의학 지식을 이 책이 바로잡아준다는 점,

현실적이면서도 사람에 대한 애정이 가득하다는 점이었다. 의학 정보가 문학의 모양을 띠고 있어 읽는 내내 훈훈하면서 동시에 유익함까지 얻을 수 있었다. 가족에게 선물하고 싶은 책이었고, 지금도 종종 이 책을 주변에 추천하곤 한다. 이렇게 좋은 책의 표지를 맡게 되다니. 원고를 읽다가 집 주변을 산책하던 도중 갑자기 감격에 빠져 의욕이 불끈불끈 솟아올랐다.

신나게 표지 시안을 그렸다. 책 표지 작업은 처음이었지만 평소에 독서를 즐겨 하고 서점에 가서 책 표지 모니터링을 하거나 표지 디자인 자료를 모아두는 것도 좋아했기에 작업이 정말 즐거웠다. 단가가 높지 않아도 괜찮았다.

그런데, 그런데 이게 웬걸. 내 마음에 쏙 드는 시안을 여럿 그려 편집부에 보냈는데 회의적인 반응이 돌아왔다. 다른 느낌을 원한다며 수정 요청을 잔뜩 받았다. 아, 그런가…… 싶어 멍하게 시간을 좀 보내다가 다시 여러 시안을 그렸다. 하지만 또 수정 요청이 왔다. 수정 요청을 반영하다 보니 기존에 그린 그림들은 하나도 쓸 수 없었고, 결국 출판사가 이끄는 방향대로 아예 새롭게 그려야 했다. 여차저차 통과는 됐지만 본문 삽화 작업으로 넘어가자 자잘한 수정 요청이 이어지며 한 달 동안 약 스무 통의 메일을 주고받았다.

나 혼자만의 일이 아니므로 클라이언트가 수정을 요청하면 당연히 반영해야 한다. 그런데 나라면 절대 그리지 않을 구도를 요청받았을 때, 한번 보낸 완성안을 네다섯 번씩 고칠 때, 이해할 수 없지만 일단 반영해서 해야 할 때, 수정한 것이 정말 더 나은지 의문인 채로 계속 밤을 새울 때, 나는 그만 마음이 우수수 무너져 내리고야 말았다. 몇몇 결과물은 전혀 내 그림처럼 보이지 않기도 했다.

일러스트 일이란 게 원래 이런 것일까? 내가 추구했던 방향은 왜 선택되지 않았을까? 그럴 거면 왜 나에게 의뢰를 주었을까? 의문이 꼬리에 꼬리를 물었다. 편집부에서도 기대한 만큼의 그림이 나오지 않아 나보다 더 난감하고 말을 꺼내기 어려웠을 거라 생각하니 좌절감에 죄송함과 부끄러움까지 느꼈다.

다행히 이후에는 그 정도로 수정을 많이 하는 경우는 드물었다. 하지만 외주 작업을 할 때마다 수정 요청을 받는 일은 끊이지 않았다. 나는 종종 난감했고 그 요청들을 이해하기 힘들었다. '이 부분이 조금 이상한

데 다른 방향으로 바꿔보면 어떨까요?' 하고 내가 개선 방향을 선택할 수 있는 경우는 그나마 괜찮다. 그런데 '이 위치에 고양이를 넣어주세요. 사람은 두 배 크게 그려주세요. 하늘 색을 노을 색으로 바꿔주세요'처럼 구체적인 요청이 오면 그때부터 당황스러웠다. 나라면 절대 그렇게 그리지 않을 것이기 때문이었다. 노을 진 하늘로 바꾸려면 다른 부분의 색도 조정해야 한다. 때로는 그림 내용까지 바꿔야 할 때도 있다. 노을이 질 때 잘 보이는 구도가 따로 있기 때문이다. 무언가를 추가하는 일도 마찬가지다. 기계적으로 추가하면 되는 게 아니라 구도를 처음부터 고민해야 한다. 하지만 나는 한동안 '을'이었으므로 그 요청을 하나둘 반영할 수밖에 없었다. 나의 방식으로서는 이해하기 어려운 결과가 나오거나 내가 계산한 전체적인 조형미가 무너지는 느낌이 들어 지켜보기가 힘들었다.

경력을 한창 쌓아가던 2021년 즈음에 나는 처음으로 수정 요청에 반기를 들었다.

"말씀하신 부분을 반영하면 제가 처음 의도한 것과 전혀 다른 그림이 나오고, 부분만 수정하는 것이 아니라 그림을 아예 처음부터 다시 그려야 합니다."

사회에서 만난 사람들에겐 무조건 굽히고 들어가던 나라서, 목소리가 떨리고 가슴은 조마조마했다. 그런데 의외로 의견을 피력했더니 받아들여져서 내가 의도한 대로 그림을 마무리할 수 있었다. 그 후로는 꼭 말하고 싶은 것이 생기면 먼저 의견을 제시하거나 말하기를 주저하지 않았다. 안 되면 안 되는 이유도 차근차근 설명할 수 있게 되었다.

반대로 정말 받아들이기 싫은 수정 요청이었으나 편집부의 의견을 따르길 잘했다 싶은 경우도 많다. 시안을 그려서 보냈더니 아예 다시 그려달라는 요청을 받은 적이 두세 번 있는데, 모두 다시 그린 결과물이 나왔다. 그중 한 건은 무려 계약서를 쓰고 최종 완성본을 보내는 데까지 7개월이 걸리기도 했다. 시안을 보냈는데 두 번이나 통과가 안 돼서 중간에 그만두겠다고 말한 적도 있다. 그런데 편집자님이 나를 붙잡아주었고, 전화 통화를 하며 서로 오해를 풀고 다시 방향을 찾아나갔더니 나도 너무 마음에 드는 결과물이 나왔다. 『세상의 마지막 기차역』이라는 소설의 리커버 표지였는데, 개인전을 할 때에도 이 표지가 예쁘다는 말을 가장 많이 들었다. 그때 처음 보냈던 시안은 지금 다시 봐도 별로다. 무슨 정신으로 그게 통과될 거라 생각했는지. 좋은 그림이 나올 때까지 계속 독려해준 편집자님께 감사함을 느낀다.『위저드 베이커리』개정판도 처음 그린 시안이 통과되지 않고 편집부의 의견을 따라 전혀 새로운 방향으로 그렸는데, 결과적으로 훨씬 책에 어울리는 그림으로 마무리되었다. '수정 요청'이 지겹고 힘들기만 한 게 아니라, 나의 한계를 극복하는 데 도움이 될 수도 있다는 느낌을 받은 매우 소중한 경험들이다.

　수정 요청을 받고 인상이 찌푸려질 때면 떠올리는 캐릭터가 있다. 일본 드라마 〈고잉 마이 홈〉에서 푸드 스타일리스트로 일하는 '사에'라는 여성 캐릭터다. 영화나 드라마에 나오는 음식을 만드는 일인데, 감독이 갑자기 전부 뒤엎거나 단기간에 준비하기 어려운 요구를 하는 장면이 나온다. 그런데 사에는 하나도 짜증 내지 않고 사뿐하게 웃어넘기며 "그래, 해보자!" 하고 일을 해낸다. 시간이 촉박해도 '해결해야지!'라는 마음으로, 조건이 어려워도 '돌파해보자!'라는 마음으로 웃으며 일에 임한다. 어떻게 수정 요청에 짜증이 안 날 수가 있지? 비현실적이야, 생각했지만 드라마 전체를 보면 사에는 누구보다 현실적인 캐릭터다. 드라마 속 캐릭터지만, 사에의 모습에 충격 비슷한 것을 받았다. 수정 요청을 받아도 화사하게 웃으며 돌파하니까 일이 더 안 힘들어 보이는 저 멋짐. 결국 해결해내는 저 쿨함. '아, 멋지다. 프로다. 나도 저렇게 할 줄 알아야 하는데⋯⋯.' 그 후로 메일함을 열 때마다 '사에처럼 해보기'가 습관이 되었다. 물론 천성은 변하지 않아 불과 작년까지만 해도 수정 요청이 오면 짜증스럽고 힘들었지만.

그런데 문득 최근 1년 정도는 수정 요청이 와도 거뜬하게 해내는 나를 발견했다. 예전이라면 난감했을 요청들도 대수롭지 않게 반영해버린다. 귀찮지도 어렵지도 곤란하지도 않고 '까짓것!' 하고 마는 일이 잦아졌다. 갑자기 변한 내 모습에 왜 이럴까 골똘히 생각해보았는데, 별다른 이유가 있어서는 아니고 가랑비에 옷 젖듯이 어느새 기술적으로든 정신적으로든 숙련되어서가 아닐까 싶다. 예전에는 외주 작업이라면 다 힘들기만 한 줄 알았는데 첫 외주 작업을 받은 날로부터 10년이 넘은 지금, '일을 거뜬하게 할 수 있구나'라는 감각을 처음 맛보았다.

또 하나 달라진 태도가 있다. 예전에는 일은 돈만 받으면 끝난다고 생각했다. 요즘은 지난 시간 만나온 편집자들과 출판사들을 생각하면서 '어떻게든 책이 예쁘게 잘 나와야 한다'는 목표를 갖고 일한다. 그러면 수정요청이 와도 적극적으로 반영하게 된다. 종종 클라이언트 측에서는 아무 말도 하지 않았는데 의욕이 앞서 수정 요청을 제안하는 경우도 있다. 내 그림은 클라이언트의 것이기도 하지만 결국 내 새끼이기도 하니까. '잘 나와야 돼…… 무슨 일이 있어도!' 하며 어떤 요청도 이게 다 내 일이거니 태연하게 대처할 수 있게 됐다.

이제는 그림을 보냈을 때 단 하나의 수정 요청도 받지 않는 경우까지 왕왕 있다. 클라이언트도 나에게 일을 맡기면 그림이 어떻게 나올지 기대하고 있기에 예전만큼 큰 수정이 발생하지 않는 것이다. "수정 요청은 없고, 이대로 사용할게요!"라는 메일을 받을 때가 가장 기분 좋다.

단가 산정의 역사

 본격적으로 프리랜서가 되기 전, 대학생 때부터 외주 작업을 했다. 그때 가장 어려웠던 건 역시 '얼마를 받을 것인가' 하는 문제였다. 미술대학을 다니는 친구에게 물어봤더니 '작업하는 데 걸리는 시간×일반적인 최저 시급의 1.5~2배를 계산'하여 책정한다고 했다. 그때 최저 시급이 5580원이었으니 한 시간 걸리는 그림은 1만 원에서 1만 5천 원 정도로 잡고 두루뭉술하게 작업료를 산정했다. 컬러가 들어간 일러스트 한 장당 5만 원가량 받았다. 스무 컷을 그리면 그제야 100만 원이 됐다. 가끔 잘 챙겨주는 곳은 한 장당 20만 원을 주기도 했다. 주로 노동조합 같은 단체들이었다.

 한번은 어떤 선배가 '일러스트 표준 평균 단가표'란

것을 보내주었다. 단가표를 알게 된 후로는 단가표의 80~100퍼센트에 해당하는 금액을 불렀다. 이 단가표를 두고 경력자들은 "10년 전이랑 하나도 달라진 게 없네!"라며 불만을 토로했다. 별로 높은 가격은 아니구나 생각했지만 당시에는 너무 초보였기 때문에 돈을 더 달라고 할 용기가 없었다.

10년 동안 오르지 않은 단가라고 해도, 나에게는 꽤 풍족하게 느껴졌다. 카페 아르바이트나 회사 다닐 때 월급에 비하면 더욱. 회사 생활을 마친 후 프리랜서 1년 차엔 한 달에 6일만 일해도 매일 아침 9시부터 저녁 8시까지 일했을 때와 버는 돈이 비슷했다(물론 나머지 24일 동안은 일이 없어 그 이상을 넘지 못했지만). 나머지 24일 동안은 무얼 했느냐 하면 자유롭게 방황하거나 그림을 연습했다. 아슬랑아슬랑 산책을 다녔다. 더 비싸고 좋은 일을 따내고 싶어 개인작을 만들어 인스타그램에 올렸다. 풍요로운 생활은 아니었지만 여유로운 시간이 생겨서 좋았다. 학교나 회사, 아르바이트를 하던 시간에 볕을 쬐러 나올 수 있다니. 프리랜서란 이렇게 좋은 것인가! 당분간은 프리랜서로 어떻게든 결과를 내보자는 생각도 했던 것 같다.

그즈음이었다. 나보다 경력이 10여 년은 더 된 만화 작가님이 내가 그린 영화 포스터 일러스트를 보고 물었다.

"이거 얼마 받기로 했어요?"

"40만 원이요."

작가님은 우려와 충격이 뒤섞인 표정을 지었다.

"그쪽에서 부른 단가죠? 너무 적어요. 더 받아야죠."

너무 적다고? 나는 당황하며 얼버무렸다.

"그건 아는데요……. 저는 아직 경력이 적고, 그리는 데 품이 그렇게 많이 드는 것도 아니고요……. 이 정도면 저는 괜찮을 것 같아요."

"……작가로서의 프라이드가 아직 없으시군요."

"네?"

"이 그림은 작가님만 그릴 수 있잖아요. 다른 사람은 못하는 거잖아요. 그러니까 그에 맞는 비용을 당당하게 받아야죠. 단가 후려치는 일 너무 많아요. 작가들부터 마인드가 바뀌어야 해요. 작가님이 그렇게 받으면 이 회사는 다른 작가한테도 낮은 금액을 부를 거예요."

옆자리에 있던 다른 사람들도 끄덕였다.

"반 작가님은 노동운동도 했다면서 왜 자기 일에는

그렇게 행동하지 못하는 거예요."

혼란스러웠다. 나만 할 수 있는 일이니까 합당한 비용을 받아야 한다니. 너무나 매력적인 말이었고 나 역시 정당한 보수를 받고 싶다는 마음이 들었다. 동시에 내 실력에 자신이 없기도 했다. 그래도 돈을 더 받을수는 없다고 생각했다. 클라이언트는 내가 높은 금액을 부르면, 다른 사람을 찾아 떠나면 그만이었다. 아직은 내가 대체 불가한 작가가 아니라는 생각에 금액을 올리지 못했다.

그런 마음으로 1~2년 정도를 더 보냈다. 비용 문제에 관해서는 늘 주눅 들어 있고 어리숙한 태도로. 하지만 만화작가님의 말은 항상 내 가슴에 박혀 있었다. 언젠가는 당당하게 '표준 단가표'보다 더 많이 받고 또 그래도 된다고 스스로 생각할 수 있는 날이 오길 바랐다.

'더 받아도 돼요.' '작가로서의 프라이드가 있어야죠.' '팔리는 그림은 아무나 그릴 수 있는 게 아니에요. 그게 대단한 일이란 걸 스스로 먼저 알아야 해요.' 그 작가님의 말은 얼마 안 가 나의 생각이 되었다. 예상과는 조금 다른 루트였다. 단가 협의를 잘해서 올린 것이 아니라 바로 그해 오픈한 온라인수업이 예상보다 잘나가기 시작한 덕이었다. 온라인수업이 플랫폼에서 1위를 하고 인스타그램 팔로워가 만 단위를 넘어섰다. 그러자 외주 작업을 전혀 하지 않고도 먹고살 수 있는 환경이 갖춰졌다. 그 시간에 포트폴리오를 만들었다. 그림들이 쌓이면서 점점 인기를 얻기 시작했고 '반지수의 스타일'이라는 것이 생겨났다. 팔로워 수가 많아지니 규모도 예산도 큰 일들이 연이어 들어왔다.

아이러니하게도 통장이 두둑해지자 비용을 더욱 높게 불러도 괜찮아졌다. 상대방이 내 비용을 알고 거절해도 생활이 크게 흔들리지 않았다. 스타일과 실력이 스스로 만족할 만한 수준이 되자 단가를 살짝 높여 부르는 것도 죄송스럽지 않은 일이 되었다. 그러던 중 표지를 작업한 책이 베스트셀러가 되었고, 주변의 충고로 또 작업료를 인상했다.

종종 작은 출판사에서 비용을 많이 드리지 못해 죄송하다고 하면 그건 그것대로 받아들인다. 대신 수정 요청을 적게 부탁드린다고 말한다. 그런다고 일을 비용에 맞춰 대충하진 않는다. 일은 다 똑같이 열심히 한다.

일을 하다 보면 자연스럽게 업계 단가도 파악하게

되었다. 가령 매년 달력을 제작하는 에이전시에서 통상적인 금액을 제안해오는 경우, 공공기관처럼 예산이 비슷비슷한 사업을 진행하는 경우는 오히려 나에게 비용을 정해서 요청할 때가 많다. 그러면 '대략 이 정도 금액에서 계약이 이뤄지는구나' 눈치껏 알게 된다.

"비용을 얼마나 받으면 좋을까요?" 일러스트레이터를 시작한 지 얼마 안 된 분들에게 자주 듣는 질문이다. 그러면 나는 '산그림 일러스트레이션 표준 평균 단가'를 참고하라고 말씀드린다. 10년째 단가에 변화가없다는 그 논란의 단가표이고, 또 내가 처음 이 표를본 게 6년 전인데도 여전히 오르지 않았지만 그래도 업계의 '기준'을 파악하는 데는 아직 참고할 만하다.

이 표준 단가를 기준으로 삼고 경력이 너무 적다면단가표에 준하는 금액으로, 경력이 쌓일수록 높게 부르면 좋지 않을까. 나는 요청받은 그림체가 단순할 경우비용을 약간 할인할 때도 있다. 품이 많이 들어가면 더받기도 한다. 금액은 늘 고정되어 있지 않고 클라이언트의 사정에 따라 바뀌기도 하고, 프로젝트마다 협의를 통해 조정되기도 한다. 이처럼 처한 상황이나 경쟁력, 들어가는 품에 따라 어느 정도 자신의 하한선과 상한선을 정해놓고 협의를 하는 것도 좋은 방법일 것이다.

어떤 작가님은 상대적으로 그림체가 심플하지만, 자기 그림에 대한 프라이드가 있어서 비용을 높게 책정한 후 그 아래 비용으로는 절대 일하지 않는다. 또 어떤 작가님은 뉴욕이나 런던 등지의 세계적인 기업에서 의뢰를 받았지만 단가가 높지 않아 놀랐다고 했다. 그럼에도 자신을 알릴 수 있는 기회라 여겨 의뢰를 수락했다고 전해 들었다. 나도 늘 듣는 얘기가 "그렇게 많이 받아?"와 "아직도 그것밖에 안 받아?"다. 단가 산정은 기성 작가들에게도 여전히 복잡하고 어려운 일인데, 신입 작가들은 더 곤란한 것이 당연하다.

정말 너무 모르겠고 막막하다면 지인들이나 SNS로 알고 지내는 동료 작가들에게 물어보는 것도 하나의 방법일 것이다. 더불어 자기 객관화도 필요할 테다. 얼마나 대체 불가한가, 얼마나 유명한가에 따라 금액은 더 높아지기도 한다. 나는 한동안 나를 너무 낮잡아 봐 주변에서 답답해했다. 아직도 어려워서 늘 마음을 다잡으려고 하는데, 그림을 그리는 사람이라면 자기 가치를 스스로가 잘 파악하는 것도 중요하다.

3

매일의 작은 모험

방황하는 작업실

신도시로 이사한 뒤 1년이 지나고 달라진 공간에 대해 느낀 바가 여럿 있다. 그 전까지 14년간 서울에서 살면서 아홉 번의 이사를 했다. 원룸 여섯 곳과 다세대주택 두 곳, 투룸 빌라 한 곳을 거쳐 이번이 첫 아파트이자 첫 스리룸이다. 아파트와 스리룸이라는 선택지는 서울 밖으로 나오니 가능해졌다. 바로 전에 살던 집은 지금 집보다 전세가가 비쌌지만 크기는 3분의 1이었다. 대신 핫한 동네, 연남동이었다. 이제 막 생겨난 신도시인 이곳은 핫하기보단 미지근하고 심심하다.

이사를 결정한 이유는 많았다. 먼저 늘어나는 짐을 도저히 감당할 수 없었다. 연남동에 살 때는 근처 상가를 임대하여 작업실로 사용했었는데, 점점 잘 안 가게 되면서 작업실을 정리했다. 작업실에 있던 짐을 집으로 옮겨 오자 집에 발 디딜 틈이 없었다. 그즈음 남편도 가게를 팔아 가게 짐 일부를 집에 들여놓게 되었고, 여기저기 온갖 박스와 짐이 쌓여갔다. 책을 놓을 곳이 없어 틈만 나면 중고 서점에 들락거렸다. 안 입는 옷을 100킬로그램이나 처분했다.

그런 와중에 바로 옆집이던 단독주택이 허물어지더니 갑자기 5층짜리 빌라가 세워지기 시작했다. 아침부터 저녁까지 불과 1미터도 안 되는 거리에서 공사 소리가 멈추지 않았다. 하필이면 창이 세 개나 나 있던 쪽에 새 건물이 들어서자 집으로 들어오는 햇빛이 줄어든 것은 물론, 고양이들과 바라볼 창밖 풍경마저 사라져버렸다. 결정적으로, 전세가가 지나치게 비쌌다. 사회 초년생들이 신축 빌라 전세사기를 잘 당한다는 뉴스가 매일같이 방영되던 때였다. 우리도 신축 빌라인데, 하고 알아보니 우리가 사는 집의 주인이 사기꾼 같진 않았지만 매매가와 전세가가 거의 비슷했다. 재계약 시기가 다가오자 집주인은 전세가를 더 올리겠다고 했다. 내가 알기로 매매가보다 높은 가격이었다. 계속 여기 살다가는 전세금을 돌려받지 못할 수도 있겠다는 불안감이 들었다.

　오랜 물색 끝에 찾은 곳이 바로 지금 내가 살고 있는 신도시였다. 아무런 연고도, 꼭 이곳이어야 할 이유도 없었지만 가격 면에서 합격이었다. 서울의 10평 전세가로 방이 세 개, 팬트리가 두 개인 아파트에 살 수 있다니 매력적인 선택지였다. 개발된 지 얼마 안 된 신도시여서 주변 인프라가 적고 서울로 가는 교통이 불편한 데다 물량이 한꺼번에 너무 많이 풀려 저렴하게 나온 것이었다. 우리에게 이런 단점들은 큰 문제가 되지 않을 거라 판단했다. 부부 둘 다 당장 출퇴근하는 곳이 없었고, 인프라가 부족해도 차가 막히지 않으니 차를 타고 인근 도시의 인프라를 이용하면 됐다. 남편과 나는 연남동에 살 때도 핫 플레이스를 충분히 즐기는 스타일이 아니었고, 주방이 넓어져 밥은 집에서 해 먹어도 괜찮을 것 같았다. 무엇보다 내 마음을 사로잡은 건, 창밖으로 초록 나무와 새와 천변 산책로가 내려다보인다는 점이었다. 이곳이라면 고양이들도 바깥 풍경을 맘껏 볼 수 있었다. 더불어 천변 산책을 좋아하는 나에게 딱이었다.

　막상 와보니 예상보다 좋은 점이 더 많았다. 집이 넓

어 삶의 질이 상승했다. 짐을 쑤셔 넣지 않고 적재적소에 둘 수 있는 여유가 생겼다. 이곳에 오기 전엔 서울 밖에 살면 큰일 나는 줄 알았는데 아무 일도 없었다. 서울에서는 괜히 조금이라도 더 서울을 즐겨야 할 것 같아 조급한 기분이었지만 신도시에 오니 그냥 주어진 환경 안에서 선택하면 됐다. 집 근처에 있는 카페를 가고, 집 근처에 있는 맥줏집에 간다. 대단한 맛집은 아니지만, 오히려 더 편하고 즐겁다고 느낄 때가 많다. 어릴 적 시골에서 읍내 슈퍼만 가도, 중국집만 가도 즐거웠던 것처럼.

그래도 서울에서 너무 멀지 않은 신도시를 택한 건 서울에서만 가능한 것들을 포기할 수는 없어서였다. 배차간격은 길지만 광역버스를 타고 40분 달리면 합정역에 도착한다. 공항철도까지 버스로 15분이니, 철도를 이용해도 서울 중심부에는 한 시간 남짓이면 도착한다. 서울을 누릴 필요가 있을 때는 일정을 한꺼번에 잡아 둔 뒤 한 번에 해소하고 온다. 한 달에 두세 번 정도 서울에 가서 데이트도 하고 일도 보는데, 지금까지 서울에 대한 큰 결핍감 없이 잘 지내고 있다. 대신 출퇴근 시간은 반드시 피해서 이동한다.

봄에는 거의 매일 천변을 걷는다. 산책로가 집 앞에 있어 언제든지 갈 수 있다. 새 아파트를 짓는 크레인이 띄엄띄엄 보이고 사람이 적은 한적한 오후의 천변을 나 홀로 느긋하게 걷는다. 걸으면서 오리를 보고 자연을 본다. 호랑나비, 노랑나비, 잠자리도 서울보다 많다. 사슴벌레와 물총새도 있다. 처음 보는 곤충과 풀, 꽃 들을 통해 내면의 복잡한 긴장을 이완시키곤 했다. 얼마 후 모든 풀을 지나치게 제초하는 모습을 보고 충격받긴 했지만……. 산책로를 마음껏 누비다 보면 이 도시에 정착하는 것도 나쁘지 않겠다는 생각이 든다.

여러 좋은 점들이 있지만 이곳에 이사 온 후 느낀 가장 큰 장점은 아무래도 작업 환경이 개선됐다는 점이다. 집은 나에게 생활 공간이면서 작업 공간이기 때문에, 어떤 집에 사느냐는 내게 어떤 사무실에서 일할 것인가를 고르는 문제와도 같다. 에너지가 바깥으로 분산되지 않은 덕에 집에서 작업이 더 잘됐다. 서울에서는 바깥을 기웃거리는 일이 잦았다. 서울이란 본디 모두가 빽빽하게 모여 사는 대신, 각자의 것을 교환하는 게 장점인 곳이니까. 맛있는 샌드위치, 질 좋은 커피, 인테리어가 세련된 카페, 곳곳의 도서관, 온갖 상가를 누리면 누릴수록 집값의 값어치를 하게 된다. 하지만 여기에 오고 난 후 집에서 밥을 해 먹는 일이 더 많아졌고, 책상에 앉아 있는 시간도 늘어났다. 집이 넓어 집 안에만 있어도 마음이 갑갑하지 않아 굳이 바깥을 탐하지 않아도 됐다.

지금은 방 하나가 아니라 거실을 통째로 작업실로 쓰고 있다. 일부러 폭이 2미터나 되는 큰 책상을 샀다. 서울에선 오밀조밀 짐 사이를 헤쳐 가며 일했는데, 여기서는 컴퓨터와 액정 태블릿 신티크, 책상용 이젤을 맘껏 펼쳐두어도 넉넉하다. 책장까지 거실에 시원스럽게 배치해도 공간이 모자라지 않다. 책 한 권 찾겠다고 구석구석 뒤질 일이 없어 좋다. 남편도 자기 방을 갖게 되어 서로의 공간을 침해하지 않고 각자의 일을 할 수 있게 됐다.

아직까지는, 여태껏 거쳐온 작업 공간 중 이곳이 가장 마음에 든다. 요즘은 오래도록 생각하고 들여다봐야 끝낼 수 있는 장기 프로젝트들을 준비 중인데, 지금 내가 하고 있는 일과도 공간이 잘 어울린다는 느낌이다. 창문을 열면 천변 산책로밖에 보이지 않고, 후룩후룩

변화하는 속도감이 크게 느껴지지 않아 좋다. 중요한 건 나의 속도다. 그런 점에서 지금의 내가 여기 오기로 한 건 잘한 선택이었다.

굳이 단점을 꼽자면 전세 기간이 끝난 후 나가야 한다는 것, 감성적인 풍경이 드물어 영감이 잘 떠오르지 않는다는 것이다. 나는 서울의 오래된 골목길과 울창한 나무들이 만들어내는 풍경을 사랑했고, 그런 풍경에서 많은 영향을 받았었다. 반면 여기는 모두가 새것이다. 신도시의 풍경은 아름다움보다는 천편일률적인 아파트의 형태감 때문에 어쩐지 기괴해 보인다. 때 묻지 않은 회색과 원색이 즐비한 상가 주변을 걸으면, 오래된 풍경을 그리는 일을 해왔던 작가가 살기에 좀 맞지 않는다는 생각도 든다. 그래서 종종 영감을 얻기 위해 일부러 서울에 방문할 때도 있다. 그래도 신도시에는 아이들이 정말 많아서 그런 모습을 보는 것은 좋다. 여름이면 곤충채집을 하러 채를 들고 천변 여기저기를 뛰노는 아이들을 보는 일이 무척 즐거웠다.

나는 작업 공간에 있어 오래도록 방황해왔다. 지망

그림 보정, 영상편집, 사무,
글쓰기 등등 모든 컴퓨터 관련
작업을 하는 곳.

아이패드로 작업할 때
참고 자료를 띄워놓는다

스캐너

프린터

독서대

일기장

〈액정 태블릿〉

웹툰작가들이 많이 쓰는
그것! 컴퓨터와 연결했을 때만
쓸 수 있다. 주로 애니메이션을
만들 때 사용한다.

〈아이패드〉

디지털 작업의 99%는
아이패드로 작업한다.
완성 후 컴퓨터로 옮겨
후보정하고 저장!

작업 방식에 따라
의자 위치를 옮겨 가며 작업한다.

생일 때는 3평짜리 원룸의 책상에 앉아 그림을 그렸지만 왜인지 늘 졸음이 몰려왔다. 결국 카페로 피신을 했지만, 가난한 형편에 자주 그러지도 못했다. 프리랜서로 활동할 때도 방 한편에 작은 책상을 구비해두었으나 언제나 갑갑했다. 여러 작가가 하나의 공간을 공유하는 공동 작업실을 구하기도 했다. 몇 년은 출퇴근하다가 어느 날 나만 빼고 모두 남자 멤버로 구성된 후로는 화장실 쓰는 일이 불편해졌고, 그날부터 작업실 공유는 그만두었다. 경제적으로 여유로워지고 나서야 혼자 10평짜리 사무실을 구했는데, 사무실에 다니면서도 이제는 집에서 일하고 싶다는 생각이 들기 시작했다. 작업을 처리하는 능력이 좋아지면서 꼭 사무실 같은 데 가지 않아도 집에서 얼마든지 집중할 수 있다는 걸 느꼈다. 여러 번의 변심 끝에 정착한 곳이 바로 이 집이다. 공간을 못 찾아 방황할 땐 공간이 문제인지 내가 문제인지 분간이 잘 되지 않았다. 어느새 정신 차려보니 일이 잘 풀릴수록 정신 상태도, 공간도 점점 좋아졌다. 이 일을 한 지 오래되진 않았지만 다행히 운이 좋아 매년 성장세를 보여온 덕분이다.

그렇다 보니 전세 기간이 끝나고 나서가 걱정이다.

지금까지는 어찌저찌 지속적으로 공간을 업그레이드
해왔지만, 다음 단계에 여기보다 마음에 드는 곳으로
갈 수 있을 것 같진 않아서다. 나는 이곳에 계속 머물
고 싶은데 어쩌면 남편의 일 때문에 다시 서울로 가야
할지도 모른다. 서울에 들어서는 순간, 여기보다 오래
되고 작은 집을 택할 수밖에 없다. 매물 목록을 미리
쭉 훑다가 덜컥 겁이 났다. 작아진 공간이 나의 다운그
레이드를 말해주는 것이면 어쩌지! 하지만 죽을 때까
지 내 공간을 계속 넓히기만 할 수는 없을 터. 때가 되
면 적당한 크기를 찾아 거기에 오래도록 정착할 수도
있을 테다.

　나의 종착지를 자주 상상해보곤 한다. 어떤 공간일
까? 가능하면 아파트는 아니었으면 좋겠고, 목조주택
느낌이면 좋겠고, 늘 창밖으로 볕뉘가 넘실거리면 좋
겠고, 주변은 자연 친화적이면서 조용하면 좋겠고, 시
골은 내가 운전을 못하니까 안 되고, 1층에 남편이 자
기 가게를 할 수 있다면 더할 나위 없고, 높은 층고에
커다란 캔버스를 잔뜩 늘어놓을 수 있으며 마트나 도
서관도 너무 멀지 않은……. 이런 조건의 집을 서울 안
에서 찾아보니 화면엔 부자 동네의 고가 주택들이…….

아무래도 작업 공간을 찾아 방황하는 일은 당분간 끝나지 않을 것 같다. 조금씩 한 발짝씩 가까이 다가가려 애쓰는 수밖에. 무한 성장세를 노리기보다는 작은 공간이라도 단단하게 꾸려나갈 지혜를 가져야 할 차례다.

단, 유일하게 양보할 수 없는 것,
창밖에는 꼭 나무가 있었으면 했다.
그곳이 어디든.

그리고 이 원고를 다 쓴 후
새로 구한 서울 집.

나무는 조금이지만
끝없는 노을이 보인다.

다시 서울과
사랑에 빠져버렸다. 😊

이상적인 역할 분담

고등학생 때였나? 엄마가 오빠 방을 대신 청소하라고 시킨 적이 있다. 거절하고 싶었지만 부모님에게만큼은 반항심이 없는 딸이어서 묵묵히 청소했던 기억이 난다. 엄마는 지나가는 말로, '나중에 결혼하면 다 할 거니까 요리도 청소도 미리 잘 배워두어야 한다'는 식의 말을 했다. 이 말에는 왠지 발끈했다. "난 나중에 내가 돈 벌고 남편이 가정주부를 했으면 좋겠어"라고 말하니 부모님은 어이없어했다. 말도 안 되는 일이라며 그래도 조금은 집안일을 할 줄 알아야 한다고 재차 집안일의 중요성을 강조했다. 내가 그렇게 대답한 것은, 여성의 역할을 한정 짓는 어른들에게 발끈하는 마음이 컸겠지만 반은 진심이었다.

216

고등학생 시절 내 꿈은 행정고시에 합격해 장관이 되는 것이었다. 장관 될 사람이 집안일에 신경 쓸 겨를이 있을 리가. 나는 미래에 당연히 가사도우미와 함께 살리라 생각했다……. 물론 장관이라는 꿈은 대학교에 들어가자마자 접었으나, 다시 활동가나 영화감독 같은 꿈을 꾸기 시작했고 역시 '일'에 내 인생을 바칠 작정이었다. 남편이 대신 집안일을 해주거나 내가 승승장구할 수 있도록 내조해주면 좋겠다는 상상을 했다.

동시에 한편으로는 자유롭고 느긋한 삶을 꿈꾸기도 했다. 카페 아르바이트를 하면서 햇살이 들어오는 부엌을 사랑하게 됐고, 요리를 예쁜 접시에 내거나 제철 채소를 야무지게 챙겨 먹는 것도 너무나 사랑스럽게 느껴졌다. 늘 무언가에 쫓기듯 바쁜 서울 생활을 하다가 방학 때 엄마 집으로 내려가면 풍족하게 차려진 식탁과 엄마의 온갖 생활에 대한 능수능란한 기교가 내 마음을 편안하게 했다. 멋졌다. 가능하면 일은 적게 하고 요리와 집과 청소를 사랑하는 사람으로 사는 게 행복할 것 같다는 생각도 들었다.

하지만 언제나 일이 더 중요했고, 우선이었다. 또다시 프리랜서가 되어서 일을 병행하며 생활까지 단정하게 가꾸기란 매우 어려운 꿈임을 실감했다. 항상 누가 대신 좀 치워줬으면, 누가 대신 밥 좀 해줬으면 바랐다. 매일 요리를 할 수 있는 체력과 물리적 조건이 갖춰진다면 얼마나 좋을까……. 일이 많아지니 집안일은 쌓여갔고 점차 내팽개쳐두게 되었다.

결혼을 하고 나서도 마찬가지였다. 결혼한 지 얼마 안 됐을 때 남편은 아침부터 밤까지 식당을 운영하다 돌아왔기 때문에 체력이 남아 있지 않았다. 자연스레 내가 집안일을 조금 더 하는 모양새가 되었다. 다만 나 역시 늘 마감이 있었기에 집이 완벽하게 정돈되는 날은 찾아오지 않았다. 사람이 살 수 있을 정도로만 대충대충 유지하며 지냈다. 둘 다 정신없이 일을 하던 때인데다가 집이 지저분하다고 못 참는 성격도 아닌 터라 그럭저럭 지냈다.

종종 힘들기는 했다. 혼자 살 때보다 집이 더 어수선해져서 작업실을 구해 피신해 있거나 청소 업체의 도움을 받아 치우기도 했다. 집안일은 여유로울 땐 재미있었고, 일이 많아 바쁠 땐 짜증스러웠다. 집안일에 두 시간을 넘게 쓰면 일할 힘이 모자라 힘들었다. 어째서 나는 타샤 튜더처럼 일과 집안일을 동시에 멋지게 해내는 부지런한 사람이 될 수 없는가, 왜 〈리틀 포레스트〉의 주인공처럼 살고 싶어 하면서 동시에 도시의 커리어 우먼처럼도 살고 싶어 하는가, 도대체 집 안일에 대한 내 입장은 어느 쪽인가, 어떻게 처리해야 하는가 같은 문제로 괴로워했다. 나에게는 정리되지 않는 문제였다.

그러던 어느 날 혼자 식당을 운영하며 심신이 지친 남편이 오랜 고민 끝에 가게를 매각하기로 결정했다. 가게를 판 돈으로 다른 형식의 가게를 차리기로 한 남편은 잠정적인 백수가 되었다. 남편이 약속했다.

"다음 가게 시작할 때까지 내가 집안일 다 할게."

이런 말을 믿는 여자가 있을까? 남편이 곧 다른 가게를 차릴 거라고 생각해서 한 귀로 듣고 한 귀로 흘렸다. 그런데 놀랍게도 남편은 그 약속을 지켰다! 새 가게 오픈이 점점 미뤄지면서 어느덧 남편은 어엿한 가정주부가 되어갔다. 양가 부모님은 "택이는 요즘 뭐 하니?"라며 얼굴에 수심이 가득했다. 속마음은 '어엿한 가정을 꾸린 삼십대 후반의 남자가, 일도 안 하고 돈도 안 벌고 뭐 하니?'였을 것이다. 도저히 있을 수 없는 일이라는 듯 걱정스러운 표정 앞에서 나는 "밥하고 집안일해요"라고 답했다. 부모님들의 낯빛은 더욱 어두워졌지만 나는 태연하게 말하려고 노력했다. 잘못됐다고 생각하지 않기에.

남편이 요즘 뭐 하냐는 질문에 "집안일해"라고 답했을 때 주변 사람들의 반응도 다양하다. 아무래도 흔치 않은 부부 유형이다 보니 눈을 동그랗게 뜨며 "그래도 괜찮아?"라는 걱정 어린 질문도 종종 건넨다. 내가 "난 원래 남자가 집안일하고 내가 일하는 게 꿈이었어" 말하고, 남편은 옆에서 "저는 아내가 돈 벌고 제가 집에 있는 게 꿈이었어요"라고 쿵짝을 맞추어 답하면 신기하다며 즐거워하는 반응이 많다. 의외로 부러워하는 남자들도 있고, "혁명적이네" "진정으로 가부장제에 맞서는 부부야"라는 재미있는 반응도 있었다. 그러고 보니 우리 같은 부부를 주변에서 본 적이 없긴 하다.

솔직히 말해서 남편은 어머니들처럼 매일매일 부지런히 꼼꼼하게 집안일을 하는 편은 아니다. 하지만 둘 다 일할 때보다 집은 훨씬 깨끗하다. 남편이 매일 밥을 하는 것도 아니어서 자주 외식을 하거나 배달 음식을 시켜 먹지만, 그래도 며칠에 한 번은 남편이 밥을 차려

준다. 집에서 일하며 커피, 차, 물을 종류별로 쉬지 않고 마시는 나 때문에 설거짓거리가 매일같이 생기는데, 그것도 남편이 모두 닦아준다. 쓰레기를 버리는 룰이라든가 청소기, 세탁기와 건조기에 대해서도 남편이 죄다 꿰고 있어 나는 집을 이용하기만 하는 모양새가 되었다. 한번은 분리수거를 제대로 하지 않아 남편에게 살짝 혼난 적도 있다.

"집안일이 얼마나 힘든 줄 알아? 티는 안 나지만 엄청나게 손이 많이 간다고!"

드라마 속 엄마가 할 것 같은 대사를 장난스레 내뱉는 건장한 삼십대 남성이라니. 그 모습을 보면 웃음이 난다. 남편은 가죽 재킷을 즐겨 입고 포마드를 바른 머리에 콧수염까지 기른, 꽤나 '남성적'인 비주얼이기 때문이다.

그러고 보니 남편에게 반한 이유 중에 이런 것도 있었다. '이 남자는 (보기와는 달리) 맨박스에 갇혀 있지 않다'는 느낌이 들었다. 남자든 여자든 상대방을 성별이 아니라 사람으로 보는 태도가 있었다. 남편은 어릴 때 분홍색을 좋아하면 안 될 것 같고 귀여운 것을 좋아하면 안 될 것 같은 분위기에 눈치를 보며 '애초에 남자

다운 것, 여자다운 것이 뭐냐'는 의문을 가졌다고 한다. 남자가 여자보다 잘나야 해, 남자가 가장이어야 해, 같은 구시대적인 사고방식에 전혀 구애받지 않는 사람 같았다. 오히려 내가 세대주를 하기로 했을 때는 옆에서 박수를 치며 좋아하고, 자기가 버는 돈을 다 나에게 줄 테니 자기를 좀 관리하고 리드해달라고 말하는 사람이었다. 반면 나는 내가 우리 집의 리더가 되고 싶어 하는 성격이니, 잘 만난 한 쌍이라고 할 수 있다.

어느 날은 나도 모르게 이런 말이 새어 나왔다.

"아, 나 요즘 왜 이렇게 행복하지? 일에 집중이 너무 잘돼."

무심코 던진 말에 남편의 대답.

"내가 집안일 다 해줘서 그런 거 아니야?"

그러고 보니 최근 몇 달간은 한 번도 설거지, 공용 공간 청소, 고양이 화장실 청소, 빨래를 한 적이 없었다. 아무리 남편이 집안일을 담당한다 해도 청소와 설거지를 하거나 밥은 직접 차려 먹는 경우가 많았는데, 최근에는 딱 내 작업실 공간만 청소하고 다른 일은 하지 않았다. 수백 건의 굿즈 택배 포장도 전부 남편이

도와줬다.

외부 일정은 남편이 차를 태워준 지도 꽤 됐다. 지하철이나 버스를 몇 달째 안 탔다. 나는 오로지 내 일만 생각했다. 고등학생 때 "운전면허를 따놔야지"라던 아빠 말에 "난 운전 안 해. 기사님 고용할 거야"라고 말하던 나였다. 남편이 기사님 역할까지 해주고 있으니, 말이 씨가 된 셈이다. 고등학생 때 가졌던, 내가 일하고 남편이 집안일을 하면 좋겠다던 꿈이 이상적인 형태로 실현된 것이다.

이렇게 지내보니 정말로 일에 집중이 잘된다. 아침에 눈을 떠서 바로 일을 시작하고 일에 관련된 것만 생각하니 우리 부부가 함께 살게 된 후로 나는 지금 생활에 가장 만족도가 높다. 가능하다면, 남편이 계속 주부로 남아주면 좋겠다. 남편 역시 "회사 다니고 가게 할 때 생각하면 지금이 제일 행복하다"고 말한다.

하지만 이상적인 역할 분담이 영영 이어질 수는 없을 터. 새 가게 아이디어에 대한 확신이 있는 남편은 꼭 가게를 다시 열고 싶어 한다. 가장 큰 문제는 외벌이가 되자 저축도 많이 줄어들었다는 사실이다. 조만간 남편이 다시 요식업자로 돌아가면 부부의 수입은 늘겠

지만 잠깐이나마 이상적인 부부 생활을 체험한 나로서
는 어쩐지 아쉬울 것 같다.

스트레스 마주하기

네 달 동안 한 달에 하루 쉴까 말까 할 정도로 바쁘게 일한 적이 있다. 쉬는 날 없이 일한 탓인지 어느 날 갑자기 이유 모를 잔기침이 시작되었다. 신경 쓰이는 일이 떠오르거나 밤에 잠들 때면 쉴 새 없이 기침이 터졌다. 감기 증상이 전혀 없었기에 관련 질병은 아닐 터였다. 옆에서 내 모습을 지켜보던 남편은 기침의 원인이 신경성일 것이라고 추측했다.

남편의 지인도 스트레스를 심하게 받았을 때 계속 마른기침이 나왔는데, 이비인후과가 아니라 신경정신과에서 처방을 받아 약을 먹자 바로 나았다고 했다. 해당 병원을 추천받아 왔으니 함께 가보자고 권하는 남편에게 "알겠어, 알겠어" 하면서 은근슬쩍 병원 가는 일을 차일피일 미루어왔다. 그렇게 몇 달 동안 기침을 달고 지냈다.

기침은 신경성이 맞았다. 중간에 나를 괴롭히던 일 중 하나가 끝났을 때 며칠간 기침이 감쪽같이 멎은 적이 있었다. 모든 일이 끝나자 하루아침에 기침이 멎었다. 바쁜 일이 정리되면 자연스레 이 증상도 낫겠거니, 안일하게 넘겼는데 정말 시간이 지나고 저절로 해결됐다. 그렇게 병원을 거부하고 자연스레 낫길 기다린 이유는 병원이 무섭거나 싫어서가 아니라, 비슷한 경험을 여러 번 겪었기 때문이다.

고3 때. 좋은 대학에 가고 싶다 혹은 가야 한다는 신념에 온몸이 절여져 있던 나는, 낮이고 밤이고 공부에 매진했다. 쉬는 시간 10분 동안은 물론, 명절에도 공부에 매달렸다. 하지만 집중력이 부족하고 남들보다 공부를 늦게 시작한 탓에 성적은 오를락 말락. 누구나 그렇듯 여유를 느낄 새도 없이 불안하고 우울한 수험생 시절을 보냈다. 한편으로 십대 시절 내 얼굴은 늘 여드름 투성이였다. 아빠도 오빠도 그랬다고 하니 피할 수 없는 유전이라는 걸 알면서도 갖은 수를 써서 여드름을 없애려고 했지만 무리였다. 나이 들면 사라진다는 어른들의 태평한 조언도 미웠고, 조급한 마음에 거울 속 내 얼굴까지 미워 보였다. 그런 고3 시절을 보내다 드디어 수능 날. 기대보다 낮은 가채점 점수를 보며 펑펑 운 뒤, 좋아하는 라디오방송을 듣다가 푹 잠들었다. 시험은 망했지만 끝났다는 사실에 후련했다. 그런데 다음 날부터 신기한 일이 생겼다. 피부가 점점 깨끗해지기 시작한 것이다. 어떤 수를 써도 사라지지 않던 여드름이 하루가 멀다 하고 하나둘 사라져갔다. 아무 노력을 하지 않아도 피부는 점점 눈에 띄게 매끄럽고 뽀얘졌다. 내 얼굴을 본 부모님도 놀라 "네가 정말 맘고생을 많이 했나 보다"라고 할 정도였다. 그 말을 듣고서야 마음이 편해지면 몸도 좋아지는구나 깨달았다.

유사한 기억은 그 후에도 여러 번 있었다. 질풍노도의 시기를 보내던 대학생 시절에는 만성위염을 달고 살았다. 과 학생회장을 역임했던 시기에는 통증이 더 심해졌다. 매일 술을 마셔서 그런 것이겠거니 장난으로 웃어넘길 정도로만 쿡쿡 찌르던 귀여운 통증이, 어느 날 쿡쿡이 아니라 콱콱으로, 칼이라도 들어온 것처럼 고통스러워지기 시작했다. 결국 대학병원에 가서 내시경검사를 받았다. 눈물을 촬촬 흘리며 검사를 마친 뒤

의사 선생님과 이야기를 나누었다.

"위가 너무 깨끗해요. 아무 이상이 없네요."

"그럼 저는 왜 아픈 걸까요?"

"스트레스받는 일이 많은가요? 밀가루, 자극적인 거 드시지 말고 쉬엄쉬엄하세요."

이번에도 마음의 병이 문제였다. 만병의 근원은 스트레스라더니, 정말이었다.

회사를 다닐 때도 그랬다. 기본 근무시간이 아침 9시부터 저녁 8시까지고, 밤 10시까지 야근도 아주 흔하던 때. 1년에 연차를 3일밖에 못 쓰는 회사였지만 나는 그 일이 행복해 매일 신나게 일했다. 그런데 어느 날 발바닥에 처음 보는 분화구 같은 것이 생겨났다. 여드름처럼 피부 겉에 나는 것과는 차원이 달랐다. 살 안쪽 깊은 곳에서부터 자라난 묵직한 덩어리에 보기에도 흉한 것이, 찾아보니 말로만 듣던 사마귀였다. 그냥 잘라내면 되지 않을까 생각했는데 바이러스성이라 그렇게 간단하지 않았다. 잘라내려면 냉동치료를 받아야 했고, 잘라낸다 하더라도 완치가 매우 어렵다고 했다. 갑자기 나에게 왜 이런 일이? 억울했지만 병원에 가는 게 무서워 어쩔 수 없이 달고 살던 어느 날, 갑자기 회사에 나가지 않게 되었다.

그렇게 좋아하던 일이었건만 막상 지옥철을 타고 출퇴근하지 않아도 되고, 평일 낮에 벚꽃 내음을 맡으러 갈 수 있다는 사실이 설레기도 했다. 그런데 이게 웬일. 우연히 발바닥을 보자 사마귀 크기가 눈에 띄게 줄어 있었다. 회사에 출근하지 않는 날부터 사마귀는 자취를 감춰갔다. TV에서 변화 과정을 빨리 보여주려고 이미지를 빠르게 편집한 것처럼 발바닥은 하루가 다르게 깨끗해졌다. 발바닥이 고와지는 속도가 너무도 빨라서 매일 발바닥을 들여다보며 신기해하고 즐거워했다. 고3 시절 여드름이 사라져 거울을 들여다보던 때처럼. 그 후 사마귀는 두 번 다시 재발하지 않았고, 내 발은 내내 보송보송 깨끗한 상태다. 아무런 치료 없이 자연 치유된 것이다.

최근에도 비슷한 일이 있었는데, 나를 괴롭히던 어떤 프로젝트를 진행하는 동안 머리를 감았다 하면 바닥에 머리카락 수백 가닥이 새까맣게 숭덩숭덩 빠지다가 프로젝트가 끝나자마자 언제 그랬냐는 듯 감쪽같이 탈모 증상이 괜찮아진 적도 있다.

그렇다면 스트레스가 발생하는 상황마다 늘 신체적 고통을 떠안아야만 하는 걸까. 그렇지는 않아 보인다. "스트레스 해소는 어떻게 하세요?"라는 질문을 자주 듣는데, 내 대답은 늘 같다. 산책하기, 일기 쓰기, 영화 보기, 스님 말씀 듣기. 대체로 이런 일들을 꾸준히 반복하고 나면 마음이 금방 차분해지곤 했다. 돌이켜보건대, 기침하고 여드름이 나고 위가 아프고 머리털이 빠지던 무렵은 산책하기, 일기 쓰기, 영화 보기, 스님 말씀 듣기를 하나도 할 수 없던 때였다. 그만큼의 여유도 없을 정도로 바빴거나 압박감을 느꼈던 것이다. 결국 풀 데가 없으니 감당 못 한 스트레스가 몸으로 나올 수밖에 없었던 것 아닐까. 물론 스트레스의 원인을 아예 만들지 않는 것이 근본적인 해결책이겠지만 현실적으로 그러기는 힘들다. 결국 가능하다면 쉬엄쉬엄 일할 수 있는 환경을 만들어나가는 수밖에. 다른 건 몰라도 산책하는 시간만큼은 꼭 확보해두기로 했다.

변덕은 나의 힘

아침에 일어나 이렇게 다짐했다.

'행복을 미루지 않을 거야! 인생은 짧아! 지금 당장 필요한(사실은 갖고 싶은) 빈티지 협탁을 살 거얏!'

다섯 시간 후 일기장에는 이렇게 썼다.

'더 이상 불필요한 쓰레기를 만들고 싶지 않아. 이미 필요한 것은 다 갖고 있어!'

아침에는 인테리어 관련 영상을, 오후에는 환경 관련 다큐멘터리를 본 것이다.

어제는 평생 그림책 작가로 살겠다고 결심했다가 오늘은 역시 영화 시나리오를 써보고 싶다고 진지하게 고민에 잠긴다. 작품을 하려면 세계사 정도는 알아야 할 것 같아서 세계사 책을 잔뜩 구입해 읽다가 다음 날이면 지극히 개인적이고 사적인 이야기의 필요성을 절감한다. 엄청난 부자가 되어서 대저택에 살겠다며 단가가 높은 일을 마구 잡아놓고는 몇 달 후 지쳐서 그냥 현재에 만족하며 버는 만큼 소박하게 살겠노라 다짐한다. '외주 작업도 매력 있어'라는 나와 '외주 작업 다시는 안 할거야'라는 내가 투닥거린 지는 10년이 넘었다. 비싼 레스토랑에서는 역시 입이 고급이라고 자화자찬하던 내가, 매일같이 6천 원짜리 잔치국수를 소울 푸드라며 극찬한다.

그중에서도 요즘 제일 갈팡질팡하는 것은 아이를 낳을지 말지에 관한 문제다. 이 문제는 결혼을 하고부터 하루에 평균 30회 정도 생각이 계속 바뀌어왔다. 뉴스를 보면 아이를 갖기 싫고, 평화로운 놀이터 풍경을 보면 오늘 밤 당장 거사를 치르고 싶다.

그림을 그릴 때도 글을 쓸 때도 오락가락하는 마음 때문에 힘들었다. 하나의 그림을 완성하고 나면 아예 다른 그림체로 다른 주제의 그림을 그리고 싶어진다. 한 문단을 쓰면 '이게 맞아? 정반대의 생각도 하잖아!' 싶을 때도 있고, 이어진 다음 문단을 읽으면서 '방금 한 말이랑 완전히 반대잖아!' 하며 혼자 싸우느라 마무리

짓지 못한 글이 한 트럭이다. 실제로 이미 출간한 책 중에 다시 읽어보니 생각이 완전히 바뀌어 있어서 난감했던 적도 있다.

내 정신은 대체로 어지럽다. 내 안엔 내가 너무도 많다. 나의 분신끼리 늘 싸우면서 이리저리 왔다 갔다 한다. 무엇을 보고 있는지, 어디에 속해 있는지, 누구를 만나는지에 따라 내 입장과 생각은 모양을 달리한다. 정반대의 생각을 동시에 할 때도 있다. 사회 현안에 있어서도 완전히 다른 입장 사이에 논쟁이 발생했을 때 둘 다 조금씩 맞는 말인 것 같아 혼자 머리를 싸매고 고민에 빠진 적도 많다. 친구 두 명이 싸우면 양쪽 다 이해가 되어 난처해진 일도 부지기수다.

한번은 사주를 보러 갔다가 이런 말도 들었다.

"변덕이 너무 심해……. 이 변덕을 맞춰줄 수 있는 남자가 세상에 있을까……. 쯧쯧!"

실제로 연애할 때 자주 들었던 말이 "또 생각이 바뀌었어?"였다.

세상을 바꾸는 사람이 되겠다느니, 오늘 이 순간을 절대 잊지 않을 거라느니, 부동산에 관심 갖지 않는 어른이 되겠다느니, 어떤 영화는 평생 사랑할 것이라느니, 내 사랑은 변하지 않는다느니 같은 어릴 적 약속들도 모두 사라진 지 오래다. 어릴 땐 왜 그렇게 여기저기에 영원한 맹세를 하고 다녔을까. 시간이 지나니 그때의 단호함이 기묘하게 느껴진다. 이제는 어디 가서 영원을 약속하는 일이 두렵다.

맹세는 못 하지만 흔들리는 일은 계속된다. 직장이 없는 나는 어디에 살아도 괜찮아서 좋은 동네를 발견하거나 여행을 갈 때마다 '여기에 살고 싶다'는 운명적인 감각을 거의 매번 느꼈다. 그 감각이 결정적인 순간에 딱 한 번 찾아와주면 좋으련만 새로운 공간에 갈 때마다 영감에 가득 차서 그런 가벼움에 나조차 지쳐버리곤 한다. 자신의 진정성에 대해 의심하는 상황이란. 이제는 집에 대한 취향이나 돈벌이에 대한 삶의 태도 등 꼭 당장 결정짓지 않아도 되는 문제들에 관해서는 하나의 입장을 취하는 걸 반은 포기한 상태다. 보통 이렇게 어지러운 상태에 있다. 이 문제가 고쳐지지 않아서 한때는 '나는 왜 이럴까?' 스스로가 밉고 고민스럽기도 했다.

그러던 중 들은 희소식. 지브리 프로듀서의 인터뷰에

따르면, 내가 가장 좋아하는 예술가인 미야자키 하야오도 입을 열 때마다 말이 바뀐다고 한다. 실제로 은퇴 선언도 몇 번이나 번복한 전력이 있지 않은가. 그런데 일상에서도 아침에 한 말과 저녁에 한 말이 다르단다. 베토벤이나 피카소 같은 천재적인 예술가들도 아이처럼 충동을 따르거나 자주 싫증을 느껴 항상 변덕이 심하다는 소리를 들었다. 때로는 그런 싫증이 새로운 무언가를 강렬하게 원하는 힘으로 작동하여 창작의 원천이 되어주기도 했다. 이런 얘기를 듣고 나서 내 변덕스러움에 대한 불만이 문득 가라앉았다. 멋진 예술가들과 나에게 공통점이 있는 것이니!

생각해보면 나도 변덕의 에너지가 새로운 것을 창조하는 데 도움을 주었던 것 같다. 그림을 그릴 때 유화, 색연필화, 디지털 그림, 만화, 구아슈화 등 표현을 어떻게 할지 매번 생각이 달라진다. 이전의 것을 반복하는 경우가 잦긴 하지만, 그때마다 괜스레 지루하고 괴롭다. 새로운 기법을 발견하면 어느 때보다 기쁘다. 이내 그 기법도 질리고 말지만, 변화와 새로움을 추구하는 성향 덕에 끊임없이 욕구가 생겨 일도 다양하게 하고 그림도 조금씩 발전시켜왔던 것 같다. 덕분에 앞으로도 보여줄 것이 많다는 자신감도 조금 가지고 있다.

　이런 나에게도 변하지 않는 것이 있다면 좋은 그림을 많이, 평생, 즐겁게 그리고 싶다는 마음. 그리고 한 번 좋아하기로 결심한 화가의 그림을 계속 보는 일. 수십 수백 번을 보고 또 봐도 좋다. 지금까지의 행보를 보면 20년 뒤에도 30년 뒤에도 그림을 그리고 있을지는 장담할 수 없겠으나, 그림을 사랑하는 마음만큼은 아마 절대 변하지 않을 것이다. 그림을 그리지 않을 수는 있어도 그림을 사랑하지 않는다니, 있을 수 없는 일이다.

북 토크 애호가

『반지수의 책그림』이라는 책을 출간한 후 여기저기서 북 토크 문의가 들어왔다. 말을 아주 조리 있게 잘하는 편은 아니지만, 나는 무대를 피하기보단 즐기는 편에 가까웠다. 발표를 하기 전까지는 긴장해도 막상 올라서기만 하면 많은 사람 앞에서 무언가를 이야기하는 일이 즐겁다. 반짝이는 눈동자들을 마주하고 소통하는 기분이 좋다.

그런데 막상 일러스트레이터가 되고 나서는 종종 들어오는 강연 요청을 모두 거절해왔다. 이유는 여러 가지인데 첫 번째로 어른이 된 지금, 성인을 대상으로 하는 강연에 모이는 청중의 스펙트럼을 예측하기 어렵다는 데 있었다. '누가 듣는가'가 있어야 '무엇을 듣고 싶은가'가 나오고 '무슨 말을 할 것인가'가 정해지는데, 도서관이나 기관 강연에서는 청중의 보편적인 관심사를 파악하기가 조금 어려웠다. 만난 적도 없고 손에 잡히지도 않는 사람들 앞에서 괜히 뜬구름 잡는 소리를 했다가 하나도 공감을 사지 못할까 봐 걱정됐다.

그보다 더 중요한 이유는 대부분의 강의에서 희망이나 긍정의 메시지, 노력의 중요성, 삶의 깨달음을 이야기해야 할 것 같아서였다. 내가 나서서 '노력하면 된다'거나 '여러분도 일러스트레이터를 할 수 있어요' 같은 이야기를 하고 싶지는 않았다. 내가 본 세상은 그보다 더 복잡해 보였으니까. '하면 된다'라는 이야기보다 '안 돼도 어떻게 지혜롭게 살 것인가'가 더 중요한 문제 같았다. 하지만 그런 이야기는 내 경험으로 할 수 있는 수준의 말이 아닌 듯싶었고, 청중이 일러스트레이터에게 듣고 싶어 하는 말이 아닐 수도 있었다. 노력의 중요성을 이야기하자니 내가 그만큼 노력을 했나 싶어 갸우뚱했다. 하물며 나는 일러스트레이터가 되려고 한 적도 없고, 어쩌다 일러스트레이터가 되었으니 "일러스트레이터가 꿈인 사람들을 응원해주세요"라는 요청을 들으면 할 수 있는 말이 많이 떠오르지 않았다.

딱 한 번, 모교인 예천여자고등학교에서 강연 요청이 왔을 때만 승낙했다. 고등학생 친구들에게는 '과거의 나에게' 하고 싶은 말을 해주면 되지 않을까 싶어서였다. 그 후로 다시는 강연을 하지 않았다.

북 토크는 다를 것 같았다. 북 토크는 책에 대해서 이야기하는 자리다. 내가 먼저 짜놓은 말을 술술 꺼내지 않아도 책을 가지고 이야기하고 질문을 받고 대화하는 것이니, 그런 자리라면 꼭 사람들과 만나 얼굴을 맞대고 이야기하고 싶었다. 하고 싶은 이야기가 많았다.

지금까지 열 번가량 북 토크를 했다. 도서관, 작은 책방, 갤러리 등 다양한 곳에서 사람들을 만났다. 북 토크에 오는 이들은 대부분 책이나 그림에 관심이 많은 분들이었다. 이미 일러스트레이터로 일하고 계신 분, 북디자이너이신 분, 일러스트레이터를 꿈꾸시는 분들까지. 자연스레 그림에 대한 이야기로 시간이 꽉 찼다. 그림을 사랑하는 일, 시작하는 일, 좇는 일 등 그림에 관해서는 이야기를 해도 해도 끝이 없었다. 이야기가 진행될수록 사람들의 눈은 계속 반짝반짝거렸다.

북 토크가 끝난 후 사인회를 하는데, 어떤 분이 이런

말씀을 남겼다.

"지금 하고 있는 일 때문에 일흔 즈음에 그림책 작가가 되려고 했거든요? 그런데 오늘 반지수 작가님 북 토크를 듣고 나니까 당장 그림을 그리고 싶어졌어요."

가슴이 찡.

"미루지 말고 당장 그리세요! 어떤 그림을 그리실지 저도 기대할게요." 희망적인 말을 못해 강연 안 한다고 했으면서……. 한 명 한 명의 눈동자를 보니 응원하지 않을 수 없었다. 꿈이라는 단어가 나올 때마다 서로 응원하고 토닥였다. 형식이 크게 다르진 않은데 상대적으로 강연보다 북 토크가 쌍방 소통 같아 좋고 편했다. 정말 대화를 나누는 것 같기도 했고, 책이라는 매개가 있어 질문도 구체적이면서 풍부했다.

잊지 못할 일도 있었다. 7년 전, 도쿄의 진보초라는 거리 전체가 서점과 헌책방으로 가득하다는 말만 듣고 무작정 떠났던 적이 있다. 수학여행 같은 단체 여행을 제외하면 처음 가보는 해외여행이었다.

여행에서 돌아와 진보초에서 찍은 사진들을 자주 꺼내 보는데 '보헤미안 길드'라는 서점 풍경이 마음에 들었다. 그 서점에서 본 책들도 좋아 기억에 남는 공간이었다. 어두운 밤거리에 노란빛을 밝히며 온기를 풍기는 모습에 이끌려 찍어 온 사진을 참고하면서 아이패드로 디지털 일러스트 하나를 완성했다. 그런데 이 그림을 포트폴리오 사이트에 업로드했더니, 여기저기서 작업 의뢰가 들어왔다. 그렇게 밤 풍경을 담은 『반딧불의원』 책 표지가 나오게 됐다. 첫 번째 책 표지 작업이었다.

'보헤미안 길드' 그림은 추후 내 온라인수업의 메인 그림이 되어주기도 했다. 『불편한 편의점』 같은 밤 풍경 일러스트를 의뢰받았을 때도 항상 이 그림이 레퍼런스로 거론됐다. 『반지수의 책그림』을 써보자고 제안하신 정은문고 대표님도 이 그림을 통해 내가 궁금해졌다고 한다(진보초에 대한 책을 준비하고 계셨다).

그런데 『반지수의 책그림』이 나온 지 얼마 안 돼, 도쿄 진보초의 한 책방에서 북 토크를 하자는 제안이 들어왔다. '책거리'라는 책방으로, 한국인 대표님이 출판사와 에이전시도 겸하며 한국의 도서를 일본에 알리는 곳이다. 책이 좋아 그린 그림 하나가 책에 대한 책을 쓰게 만들고, 또 책 표지 작업의 물꼬를 터주고, 나를 그림 속 배경인 진보초로 데려다 놓다니. 그린 지 여러 해가 지났지만 아직도 나에게 여러 연을 만들어주는 고마운 그림이다.

이 그림을 그릴 당시, 다니던 회사에서 전 직원이 잘리다시피 나오게 되어 프리랜서가 될 수밖에 없는 상황이었다. 회사에서 그린 그림은 회사 소유인지라 어떤 포트폴리오도 없었다. 드로잉이나 낙서 위주로 그림을 그리던 나는, 더 탄탄한 포트폴리오가 필요해 어떻게든 하나의 일러스트를 완성해보자고 나 자신과 약속했다. 무슨 일이 있어도 주 1회 그림을 완성하기로 다짐하고 그린 것이 바로 진보초 그림이었다. 게으르고 자기합리화도 잘하고 일을 미루기 일쑤였던 내가 자신과의 약속을 그렇게 꾸준히 지킨 것은 그때가 처음이었다. 술을 마셔도, 뭘 그릴지 잘 안 떠올라도 일단 무조건 완성했다.

신기했던 일은 또 있다. 『반지수의 책그림』 표지는 개인전을 준비하며 그린 작은 수채화 그림이었다. 이 그림은 전시 중 어떤 분이 구매해서 내 손에 없었다. 그림을 사 간 컬렉터는 한참이나 그림을 보고 아주 마음에 들어했다고 전해 들었다. 어떤 분일까 궁금했는데 북 토크를 준비하던 중 누군가에게 디엠이 왔다. "안녕하세요. 제가 소장한 그림이 『반지수의 책그림』 표지가 되었더라고요. 출간 축하드립니다. 그런데 ×××에서 북 토크하세요? 저 그 건물에서 일해요! 이런 우연이……." 해당 북 토크의 표지 그림을 소장하고 있는 분이 내 인생 첫 북 토크가 열리는 빌딩에서 일하는 분이었던 것이다. 어떻게 이런 우연이!

북 토크를 하며 만난 분들 가운데는, 암 투병 중 내가 그린 책 표지의 책들을 하나둘 읽으며 다시 살아갈 용기를 얻었다는 분도 있었다. 한 중학교 사서 선생님은 요즘 아이들이 책을 정말 안 읽는데, 내가 그린 표지의 책들은 예뻐서 손이 가고 여러 권이 있어 도장 깨기 하듯 책을 많이 빌려본다는 이야기도 들려주었다. 내 그림이 아이들이 책을 더 많이 보게 하는 역할을 하다니, 모두 꿈같은 이야기였다. 책 한 권이 선물해준 소중한 순간들 덕에 나는 오늘도 그림을 그리고 책을 쓴다.

결혼식은 안 할게요

몇 해 전, 나는 조금 이상한 연애를 마쳤다. 의지했던 남자친구가 나 몰래 노래방 도우미를 만난 것도 모자라 그 여성과 연애까지 하고 있었다. 나와 데이트했던 장소는 그에게 줄 선물을 사기 위해 갔던 곳이었고, 자기 신용카드를 나에게 쓰라고 준 뒤 현금을 받아 갔던 것도 그쪽 세계에서 현금결제가 필요하기 때문이었다. 내가 당한 일과 헤어진 충격이 너무 커서 잠시나마 서울을 떠나 있어야 했다. 친한 친구가 있는 부산에 내려 갔다. 3주 동안 서울과는 다른 시장과 식당을 돌아다니며 내 나름대로는 서울에서의 기억을 떠나보내고 다음 단계로 갈 마음의 채비를 했다. 많은 것을 훌훌 털어냈을 때쯤 서울로 돌아왔는데, 같이 만화 작업을 하던 작가님이 "회를 먹자"고 불러냈다.

작가님은 내 상황을 다 알고 있었기에 위로를 해주시려나 보다 하고 가벼운 마음으로 횟집에 갔다. 그런데 잠시 후 처음 보는 남자가 들어오더니 우리 테이블에 앉았다. 작가님이 얼마 전에 알게 된 사람인데 같이 보면 좋을 것 같아 불렀다는 것이었다. 포마드 헤어에 강한 이목구비 그리고 뺀지르르한 인상이라 어떤 기대도, 부담도 없이 즐겁게 이야기를 나누었다. 그런데 대화를 하면 할수록 첫인상과는 달리 수수하고 허세 없는 모습에 점점 그와 이야기하는 게 재미있어졌다. 성실하게 가게를 운영하고 으스대지 않는 모습이 나의 전 남친과는 모든 게 반대였다. 결국 3차에서 "오빠, 번호 좀 주세요!"라고 외친 나(기억이 가물가물하다). 그렇게 5차까지 가서 우리 둘만 남았을 때, 남편이 나에게 물었다.

"우리 한번 만나보는 게 어때요?"

"좋아요!"

깊게 생각하지 않았다. 그 순간 눈앞의 그가 마음에 들었기에. 그렇게 처음 만난 날 '썸'이라고 할 것도 없이 바로 사귀기 시작한 우리는 6년째 큰 탈 없이 알콩

달콩 부부의 연을 이어오고 있다.

처음 만난 날, 남편은 나에게 "결혼하자"고 말하기까지 했다. 너무 성급한 거 아닌가, 이상한 놈 아닌가 생각할 수도 있겠지만 왜일까? 나는 그 말을 듣자마자 '이 사람과 결혼하겠구나!' 싶은 생각이 들었다. 우리는 2개월 후 상견례를 하고 만난 지 7개월째에 혼인신고를 했다.

둘이서 적당히 깔끔하게 차려입고, 집 근처 구청에 갔다. 서류를 작성해서 제출한 뒤 돌아오는 길에 떡볶이를 먹었다. 그리고 반려묘 '토니'를 입양했다. 각자 친구와 지인들에게 카카오톡으로 "유부가 되었어요"라는 연락을 돌렸다. 그리고 평소와 똑같은 하루를 보냈다. 우리에게 결혼은 이 과정이 전부였다.

처음 남편을 만났을 때 많은 부분이 통한다고 느꼈지만 특히 내 귀에 꽂히는 말이 있었다. "결혼식은 안 하고 싶어요. 왜 하는지도 무엇을 위해 하는지도 모르겠어요. 다른 사람 결혼식에 가도 축하는 하지만 나는 이런 스타일의 결혼식은 하고 싶지 않다는 생각만 들어요"라는 말! 내가 평소에 하던 생각과 똑같았다. 나는 결혼식을 한다면 파티처럼 하거나 아예 하고 싶지 않았다. 둘만 좋다면 평소처럼 지내다가 둘이서 훌쩍 혼인신고를 하고 싶었다. 약속과 신고 하나만으로 법적 부부가 되고 평생을 약속하는 일이 로맨틱하다고 생각했다.

그래서 우리는 결혼식을 올리지 않았다. 어떤 큰 이유가 있어서가 아니라 그냥 둘 다 결혼식을 하고 싶지 않았기 때문이다. 모두가 정해진 방식대로 치러지는 우리나라 결혼식 문화를 보고, 우리는 '해야 돼서 하는 것' 외에 다른 의미를 찾지 못했다. 둘 다 '해야 돼서 하는 것'에는 좀처럼 재능이 없는 사람들이었다. 결혼식뿐만 아니라 결혼반지도, 웨딩 사진도, 신혼여행도, 결혼과 관련된 모든 것을 하지 않았다. 다만 친구나 지인들과 모여 파티 정도는 하면 좋겠다고 생각했는데, 하필 추진할 때쯤 코로나19가 터지는 바람에 미뤄지고야 말았다.

이런 결혼 과정을 이야기하면 "부모님들이 뭐라 안 하셔?" "신혼여행은 갈 거지?" "결혼반지도 없어?" "너네 정말 결혼식 안 할 거야?" 같은 질문 세례가 쏟아진다. 부모님은 엄청 뭐라고 하셨다. 우리 쪽 부모님이야 네 명이나 되는 자식 중 하나이기도 하고 '알아서 잘 살아라' 하는 입장이시라 결혼에 대해 별말씀 없었다. 다만 친지나 친구들에게 내 결혼 소식을 알리기가 조금 껄끄러웠다고 한다. 주변에서 '왜 식을 안 올리냐'며 이상하게 볼 수 있기 때문에. 그런데 시간이 지나면서 아버지는 점점 지인들에게 "둘만 잘 살면 됐지! 요즘 젊은이들은 허례허식 안 한다"고 편히 이야기하게 되었다고 한다.

반면 시어머니와 시아버지는 간절하게 결혼식을 원하신 듯했다. 대다수가 그렇듯 주변에 알리고 축하받는 것이 부모님들에게는 사회생활이라는 면에서 중요한 관례였을 터. 축의금 문제도 있고 말이다. 하지만 남편은 완강했다. '내가 하기 싫으면 안 하는 것'이라는 고집을 꺾지 않았다. 끊이지 않는 여러 잔음에도, 부모님의 서운한 내색에도 아랑곳하지 않고 자기 고집을 관철하는 남편을 보며 오히려 나는 좀 감탄했다. 어떤 철학이 있어서가 아니라, 꼭 결혼식을 기피해야 할 사정이 있어서가 아니라 그냥, 하기 싫기 때문에 안 한다는 입장을 고수하는 게 어쩐지 멋져 보였다. 나는 하기 싫어도 어른들 앞에서는 곧잘 맞춰준 뒤 나중에 혼자 고통스러워했으니까. 하지만 나도 '축의금 때문에' 결혼식을 해야 한다는 생각에는 반대했다. 주변에도 결혼식을 올리지 않은 지인이 있는데, 부모님들이 축의금을 못 돌려받아 섭섭해하신다고 했다. 물론 축의금을 회수하는 것도 중요하겠지만 그것만을 위해 결혼식을 올리는 것이 나는 좀 기이하게 여겨진다. 어쨌든 가장 중요한 건 당사자 두 사람의 마음이 아닐까?

결혼반지는 반지를 끼고 다니기 번거롭다는 이유로, 반지가 없어도 우리 둘 관계에는 아무 이상 없다는 이유로 하지 않았다. 나중에 각자 갖고 싶은 디자인을 발견하면 하나씩 사기로 했다. 웨딩 사진은 살면서 우리의 일상적인 모습을 사진으로 많이 담아두자며 좋은 카메라를 사는 것으로 대신했다. 신혼여행도 가지 않았다. 혼인신고를 할 때 둘 다 일이 너무 많아 3일 이상 쉬는 게 힘든 상태이기도 했다. 대신 둘이서 캠핑이나 해외여행을 갈 때면 "우리 이걸로 신혼여행 대신하자"고 한다. 처음으로 일주일 이상 여행을 떠났을 때 첫 신혼여행이라 불렀고, 그 이후에 여행 갈 때마다 '두 번째 신혼여행' '세 번째 신혼여행' '네 번째 신혼여행'이라는 말을 붙이고 있다. 그러면 평범한 여행도 더 로맨

틱해지는 것 같은 느낌! "법적으로는 7년까지가 신혼인데 우리 언제까지 신혼여행 해?" 물으면 남편은 "우리가 신혼이라고 생각할 때까지가 신혼이지"라고 대답한다. 여든, 아흔 노인이 되어서도 '영감…… 이제 일흔여덟 번째 신혼여행이구먼……' 하는 날을 상상하며 깔깔 웃는다.

관습적인 것에 영 관심이 없는 우리는 결혼기념일도 챙긴 적이 없다. 며칠 지나고 나서야 '얼마 전에 결혼기념일이었네!' 하는 식이다. 하기야 생일도 잘 안 챙기는 게 둘의 성향이 꼭 맞다. 우리는 특별한 날을 특별하게 보내기보단, 매일매일을 즐겁게 보내자고 항상 약속한다.

"정말 결혼식을 앞으로도 안 할 거냐"는 말을 들으면 다른 어떤 말을 들을 때보다 지인들에게 미안한 감정이 든다. 우리를 정말 공식적으로 축하해주고 싶어서, 우리가 손을 잡고 꽃잎이 휘날리는 길을 걷는 모습을 진심으로 보고 싶어서, 박수를 치고 웃으며 환호해주고 싶어서 묻는 걸 알기 때문이다. 나는 다른 어떤 반응보다 친구들이 '지수를 축하할 기회가 없어서 아쉽다'는 표정을 지을 때 가장 미안하다. 그런 친구들을 보면 결혼식, 할 걸 그랬나? 싶기도 하다. 우리가 할머니 할아버지가 되어서도 신혼여행을 갈 수 있다고 생각하는 것처럼, 결혼식도 언젠가 우리가 하고 싶은 마음이 생길 때 할 수 있지 않을까? 대신 축의금은 받지 않고, 10주년 파티라든가 20주년 파티를 해보면 어떨까. '우리 앞으로 잘 살 테니 축하해주세요'가 아니라 '우리 지금까지 잘 살아왔으니 놀아봅시다'라며 친구들을 부른다면 어떨까. 뭐든 우리가 하고 싶다면 그 마음을 따르면서 사는 것이 제일이다.

순수한 재능이 부러워

"여보 여보, 빨리 이거 봐봐."

지인들과의 술자리에 갔다가 돌아온 남편이 휴대폰 화면을 들이밀었다. '뭐길래 이렇게 다급하게 굴지?' 생각하며 화면을 보자 어떤 어린아이의 그림이 있었다. 그런데 하나의 그림이 아니라 아이가 직접 쓰고 그린 한 권의 책이었다. 아이는 아빠에 대한 생각을 자신의 시선에서 과장과 유머 그리고 애정을 섞어가며 이야기 했다. 아이의 아빠는 디자이너로, 남편의 지인이었다. 한 장 한 장 넘기면서 시원시원한 전개와 순수한 표현에 감탄을 금치 못했다.

"우와. 와. 이거 정말 아이가 혼자 그린 거야?"

"응, 그렇대. 진짜 잘 그렸지?"

"……응."

감탄이 죽 이어지다 갑자기 어떤 무서운 느낌에 휩싸였다. 아이인데, 초등학생인데. 그림의 과감한 구도는 내가 한 번도 생각하지 못한 것이었고, 스토리텔링은 자유롭고 아름다웠다. 그 재능이 너무 빛나 보여 샘이 난 나머지, 나는 갑자기 울어버리고 말았다. 내 눈물에 당황한 남편에게 나는 이렇게 말했다.

"나는 아무리 노력해도 이 아이처럼은 될 수 없을 것 같아."

서른한 살의 프로 직업인 일러스트레이터가 초등학생한테 질투를 하며 울고 말았다. 나는 잃어버린, 아니 애초에 가진 적도 없는 순수하게 빛나는 재능이 너무나 부러워 순간적으로 당혹감에 빠졌던 것이다. 이 눈물 사건은 내게도 조금 충격적이었는데 평소에는 어떤 화가의 그림을 보아도 그런 감정을 잘 느끼지 않았기 때문이다. 오히려 '내가 더 잘할 수 있어'라며 늘 자신감에 넘치던 나였다. 아마도 아이의 그림에서 내가 놓치고 있던 무언가를 발견한 것 같았다.

얼마 전 비슷한 일을 한 번 더 겪었다. 신간 미팅차 방문했던 출판사 겸 서점에서의 일이었다. 주로 만화나

에세이를 출간하는 곳이어서 서점 안에는 이런저런 그림들과 만화가들의 드로잉, 사인이 곳곳에 자리해 있었다. 그중 책장 위에 무심하게 놓여 있는 캔버스 하나가 시선을 끌었다. 남색 바탕에 하얀 오드아이 고양이 그림이었다. 수려한 센스와 능숙한 절제미를 보고 당연히 연륜 있는 작가의 그림이겠거니 했는데, 열 살 소녀의 그림이라는 얘기를 들었다. 출판사 대표님의 조카라고 했다.

"얘는 그림을 그릴 때 그냥 그려요. 종이가 별로 무섭지 않대요."

그 얘기를 들으니 더욱 놀라웠다. 그림책 사건 때처럼 울지는 않았지만 때가 타지 않아 빛나는 아이의 재능에 탄복했다. 어떻게, 저렇게 그릴 수 있단 말인가⋯⋯. 보고 또 보아도 좋은 그림이었다. 색감도 배치도 형태도 붓의 마티에르*도 모두. 잠시 생각에 잠겼다. "이 아이가 입시 미술을 안 했으면 좋겠어요"라고 말했더니 아이도 딱히 그런 쪽으로는 크게 욕심이 없단다.

---

*   특정 재료나 기법을 사용함으로써 만들어진 표면의 질감.

한번은 어떤 온천의 복도에 무척 잘 그린 그림들이 걸려 있어서 '어떤 작가의 그림일까?' 궁금해하자 남편이 분명 아이들이 그렸을 거라고 했다. 절대 그럴 리가 없다며 내기를 했는데 정말 초등학교 2학년에서 5학년 아이들의 그림이었다. 다시 뜨끔하며 아이들의 순수함에 무서움을 느꼈다. 기타노 다케시의 그림을 볼 때도, 바스키아의 그림을 볼 때도 비슷한 경외감을 느꼈다.

나는 계획과 욕심과 두려움과 노력으로 그림을 그린다. 물론 타고난 재능도 조금 있다. 무언가를 똑같이 모사해내는 능력은, 배우지 않았지만 어릴 때부터 갖고 있었다. 하지만 눈에 보이는 것을 모사하는 능력 때문에 종이 위에서 무언가를 자유롭게 갖고 놀 듯 선을 움직이는 일은 어려웠다. 그 자유로움의 부재가 콤플렉스였다. 늘 겁을 잔뜩 먹은 채 흰 종이와 싸움하듯 굴었고 이기려 들었다. 이기기 위해 공부하고 연구했다. 즐겁게 순수하게 욕심 없이 계획 없이 그림을 그리는 일은 나에게 불가능한 일이다.

타고난 재능보다 연구와 노력으로 그림을 만드는 내 모습을 이제는 사랑하지만, 두려움 없이 쓱쓱 그려내는 아이들의 터치를 보면 도저히 당해낼 수 없다는 기분이 드는 것은 어쩔 수 없다. 끝내 가지지 못할 것 같은 때 묻지 않은 순수함이 부럽고 멋지다. 피카소 역시 "라파엘처럼 그리는 데 4년이 걸렸지만 아이처럼 그리는 데는 평생이 걸렸다"고 하지 않았던가. 나는 아마 평생 동안 다시 아이가 될 수는 없을 것 같다.

내가 가지진 못하더라도 한 가지 바라는 점이 있다면 아이들에게 영원히 때가 묻지 않아서 그들의 욕심 없는 그림을 계속해서 보고 싶다는 것. 내가 할 수 없는 일이기에, 나는 만들어내지 못할 아름다움이기에 더욱 꾸준히 보고 싶다. 그들의 순수함을 지켜주기 위해 이 사회가 개성과 다양함을 받아들이는 교육을 어쩌고 저쩌고…….

그나저나 『반지수의 책그림』을 부모님께 보내드렸더니, 어느 날 갑자기 택배가 한 상자 도착했다. 책에는 내가 어린 시절 그림책과 만화책을 보며 화가의 꿈을 키웠던 이야기가 나오는데, 그걸 보고 부모님이 어릴 때 내가 그림을 그렸던 수첩과 스프링 노트, 앨범을 보내준 것이다.

"그 시절이 그리울 때 봐라." 엄마의 문자였다. 열어 보니 정말 20년도 더 된 어린 시절 낙서가 잔뜩 나왔다. 남편은 옆에서 흘끗 보더니 "너도 어릴 때는 아이답게 잘 그렸었구만 뭘. 그때를 다 까먹어서 눈물이 났던 거 아냐?" 한다. 그런가? 모르겠다. 항상 남의 그림이 더 멋지고 좋아 보여서.

난 앞으로 더 잘될 거야

"지수야! 너 정말 잘돼서 보기 좋다."

오랜만에 만난 친구가 말한다. 그럼 나는 친구에게 슥 다가가 귓속말로 이렇게 대답한다.

"난…… 앞으로 더…… 잘될 거야아아……."

와하하 웃으며 너 자신감이 대단하구나, 하는 친구에게 나는 또 말한다.

"아직…… 100분의 1도…… 안 보여줬으니까……."

농담인 듯 장난스레 웃어 보이지만 나의 포부에는 진담도 반 섞여 있다.

앞으로 더 잘될 건데 벌써부터 놀라지 마라, 나는 성공할 수밖에 없다, 지금 내 그림을 사놓는 게 제일 좋은 재테크다, 같은 어마어마한 말들을 나는 아무렇지 않게 내뱉는다. SNS나 글로는 잘 내비치지 않지만 지인들에게는 이렇게 말하고 다닌다. 쇼를 하는 것은 아니고 정말 그렇게 생각해서 하는 말이다.

한번은 인터뷰에서 이런 얘기를 했더니 기자님께서 "근자감 넘친다"는 표현을 써주셨다. 그런데 근자감은 '근거 없는 자신감'의 준말이 아니던가? 속으로 생각했다. '근거 없이 자신 있어 하는 거 아닌데⋯⋯ 정말 잘할 거라서 자신 있는 건데!'

지망생 시절만 해도 내 그림에 자신감이 없고 아직알 속에 있는 것 같은 기분이라 이런 식으로 나대진 않았다. 특히 너무도 빛나는 다른 사람들의 그림을 보며자주 주눅 들곤 했다. 내가 정말 할 수 있을까? 그림 그리는 사람이 될 수 있을까? 걱정하고 불안해했다. 시작할 때만 해도 아주 의기양양했는데, 막상 하다 보니 꿈은 높고 결과는 뜻대로 되지 않아 자잘한 절망들에 매일같이 얻어맞는 기분이었다. 그런 시간이 스물넷부터스물일곱 초반까지 지속되었다.

하지만 그때도 믿을 수 없을 만큼 단호한 자신감은있었다. 나는 '지금' 못하는 것일 뿐 '나중에는' 잘하게될 것이라 믿었다. 연습을 할 때마다 이렇게 생각했다.

내가 그림을 잘 그리게 되는 건 이미 정해져 있는 답이라고. 그렇기 때문에 연습에 매진할 수밖에 없었다. 연습을 안 하는 건 부자연스럽고 있을 수 없는 일이었다. 미래는 하나뿐이라고 믿었으므로.

인스타그램이나 서점에서 다른 작가들의 활약을 볼 때면 질투도 나고 내가 작아지는 것 같았다. 그런데 이상하게도 다른 세상이 모두 걷히고 나면, 나 혼자 남으면, 화가들의 책을 읽으면 항상 다시 확신이 생기곤 했다. 아무도 없을 때 했던 생각들이 내가 그림을 지속할 수 있도록 도와주었다. 실제로 현실에서 차근차근 실력을 쌓을 때마다 실력이 껑충 뛰는 것을 느꼈다. 내가 남들보다 습득력이 빠르다는 것도, 기술적인 표현에서 조금은 타고난 구석이 있다는 것도 이십대 중반이 넘어서야 조금씩 알게 되었다.

갓 프리랜서가 되었을 무렵, 아르바이트와 외주 작업 그리고 저질 체력의 삼단 콤보로 힘들었던 시절에는 바깥일에 이리저리 휘둘리느라 나에 대해 생각할 겨를이 없었다. 연습도 노력도 없이 일만 하는 동안에는 먹구름을 몰고 다녔다. 조금만 더 빨리 시작했더라면, 미대를 다녔더라면, 독학을 하지 않았더라면 지금보다 잘 그리지 않을까 후회도 했다. 그러다 최근에 실력도 약간 나아지고 연습도 꾸준히 할 수 있는 체력까지 갖춰지자 다시 '난…… 나중에 더 잘될 거야……' 같은 말을 여기저기 쏟아내고 다니는 것이다.

하지만 '지금의 저는 정말 대단해요'처럼 현재형으로 자신감 넘치는 말은 절대 입 밖에 내지 않는다. 내가 확신하는 건, 오지 않은 미래에 대한 것뿐이다. 바꿔 말하면 나는 '지금' 내 그림에는 만족하고 있지 않다. 지금 그리는 그림에 대해서는 늘 아직도, 아직도 하며 아쉬워한다. 나의 발언은 결국 '앞으로 노력해서 더 잘 그릴 것'이라는 각오의 다른 표현인 셈이다.

그냥 하는 말이 아니라 정말로 내 그림에 만족한 적이 없다. 과거에도 현재도 자꾸만 미래를 기다리면서 산다. 미래에 뭐가 더 나올 것 같아, 앞으로가 중요해. 항상 하는 생각이다. 그래서 자꾸 일을 벌이고 뭘 할지 궁리한다. 내 말을 지키기 위해서, 나의 믿음을 지키기 위해서 열심히 산다.

나만 느끼는 것인지는 모르겠는데 유독 그림 그리는 사람들한테서 이런 자신감이 종종 보이는 것 같다. 내가 아는 어떤 만화작가도 고흐도 피카소도 루소도 언제나 자기 그림에 대한 확신이 있었다. 짐작건대 아마우리가 하는 일이 눈앞에 너무도 선명히 보이는 무언가를 만드는 일이어서 아닐까. 자신이 어디까지 그릴수 있는지, 앞으로 무엇을 더 그릴 수 있는지 그림을하나하나 완성할 때마다 결과물이 그대로 눈앞에 보이기 때문에. 자기 그림의 역사는 스스로 꿰고 있을 테니성장과정이 명확한 이미지로 보일 수밖에 없다. 종이에옮기기 전에도 머릿속에서는 그림이 어떻게 나올지 보인다. 다른 작가들은 어떨지 몰라도 나는 그림을 그릴때마다 떠오르는 명확한 시각적 결과물이 나에 대한확신을 심어주는 것 같다. 머릿속에 아직 세상에 나오지 않은 그림들이 둥둥 떠다닌다. 자꾸 보여서 더욱 확신에 차는 것은 아닐까.

이렇게 말했는데 성공도 못 하고 그저 그런 사람으로 남아버리면 어떡하지. 그래도 괜찮다. 나에게는 하나의 기준이 있다. 부르는 게 값인 유명한 화가가 되지않아도 평생 붓을 놓지 않고 내가 좋아하는 그림을 아주 많이 그리는 것, 그게 나에게는 화가로서 성공한 삶이다. 그림값이 얼마라거나 얼마큼 팔린다거나 하는 것은 내가 결정할 수 없고, 거기에 연연하는 순간 영혼은 비겁해지고 졸렬해질 것이다. 다른 무언가로 유명해지거나 돈을 벌어도 결국 그림을 그리지 않는 사람이 된다면, 그거야말로 나에게는 실패다.

어느 날, 이미 내 기억에서는 사라진 아주 어린 시절에 대한 이야기를 엄마가 해주었다.

"너 어릴 때도 그랬어. 나중에 뭐가 될 거다, 뭘 할 거다 그런 말을 입에 달고 살았지. 첫째는 안 그랬는데 너는 늘 야망이 있어서 신기했어. 지금 보니까 어릴 때 네가 하고 싶다는 것 그대로 다 하며 살고 있네. 내가 상상했던 딱 그대로다."

하나도 기억하지 못하는데 어릴 때도 그랬다는 이야기를 듣고 놀랐다. 하기야 그때도 나는 늘 연습장 속 내 그림만 보고 또 봤다. 미래의 꿈과 현재의 부족한 능력 사이의 괴리를 계속해서 눈으로 확인하며 좁혀나가는 것, 어쩌면 지난 시간 그림을 그려오며 내가 계속해오던 일인지도 모르겠다.

대체로 행복해

첫 외주 작업을 하고 딱 11년 차. 앞의 3년은 아르바이트를 병행하던 지망생 기간이었다면 오로지 그림만으로 먹고살게 된 지는 8년이 지난 지금, 일기장 귀퉁이에 자주 적는 말이 있다. 가끔은 입 밖으로 소리 내어 스스로에게 고백하듯 말하기도 한다.

"나 자신아. 이런 삶을 선택해줘서 고마워. 나는 지금 대체로 행복해. 지금의 삶이 만족스러워."

이런 말을 하면 미움을 살까? 사람들은 과장된 표현이라고 느낄까? 혹은 유치한 감상에 의한 착각이라고 여길까? 행복하다는 말을 왜 자꾸 비밀처럼 삭이게 될까? 하지만 내가 느끼는 기분은 진심이다. 고요한 하루를 보내는 와중에 문득 파르르하고 몸이 살짝 떨리며 이런 기분이 봉긋 피어오른다. 난 지금 대체로 행복해.

요즘 내 일상은 어릴 적 내가 꿈꾸던 모습과 닮았다. 햇빛이 들어오는 책상에 앉아 집에서 그려야 할 그림들을 부둥켜안고 있는 모습. 만화가나 동화작가의 인생을 살고 싶었는데, 지금 정말 나는 그렇게 살고 있다. 내 하루는 조금 귀엽고, 약간 평화롭기까지 하다. 9시쯤 일어나 집을 간단히 치운다. 오전에는 고양이들과 놀아준다. 11시에 점심을 먹고, 날씨가 좋으면 산책을 가고 바쁘면 바로 일을 시작한다. 5시에 저녁을 먹는다. 여건이 괜찮으면 남편과 외식을 한다. 식사 후 남편과 함께 집 앞 천변 산책길을 걷는다. 주 3회 정도 운동을 한 후 씻고 밤 8시나 9시부터 다시 일한다. 자기 전에는 그림책이나 드라마를 본다. 일이 정말 많을 때는 하루에 아홉 시간에서 열 시간 정도 일하지만 평소에는 평균적으로 다섯 시간에서 여섯 시간 정도 일한다. 마감이 없으면 평일에도 하루 종일 쉬기도 한다. 그래, 바로 이런 모습이었으면 했다.

날씨가 좋으면 원할 때 산책을 나가 들꽃과 오리와 구름을 볼 수 있다는 것, 평일 낮에도 좋아하는 영화를 보러 갈 수 있다는 것, 눈비를 뚫고 출퇴근을 하지 않아도 된다는 것, 시험을 치지 않아도 되고 보기 싫은 사람은 만나지 않아도 된다는 것. 아침과 밤 언제든 원하는 책에 파묻힐 수 있을 때, 예전처럼 무언가에 쫓기지 않아도 될 때, 그리고 무엇보다 내가 그리고 싶고 만들고 싶은 것이 아직도 아주 많다는 사실을 떠올릴 때, 내가 그림을 그리는 사람이라는 것을 새삼 자각할 때 감사함을 느낀다.

이 직업을 갖기 전까지는 항상 근본적으로 나를 괴롭게 하는 것들이 있었다. 학교나 시험, 지켜야 할 관습 같은 것, 나와 맞지 않는 타인들, 자유롭지 못한 상태, 원하는 일을 하기에는 부족했던 능력, 늘 모자랐던 돈(이 중 몇몇은 아직도 나를 괴롭히지만). 그때는 걷잡을 수 없는 막막함이 있었다. '내가 있어야 할 곳은 여기가 아닌데' 하는 불안감. 곧잘 작은 것에서 즐거움을 발견하는 나지만, 도서관에 가고 산책을 다니며 낭만적인 행동을 잔뜩 해댔지만, 내 세계의 위쪽은 늘 먹구름과 어두운 천장 같은 것으로 꽉 막혀 있는 기분이었다. 이 모든 게 언제쯤 끝날까. 빨리 끝내고 도망치고 싶은 마음뿐이었다. 아직 시작되지 않은 무언가가 남아 있는 기분이었다. 학교가 다 끝난 후의 미래를, 마음껏 자유롭게 살아갈 날만을 기다렸다. 신기하게도 나를 갑갑하게 했던 문제들은 내가 염원하던 대로 아주 오랜 시간에 걸쳐 하나둘 나를 떠나갔다. 마음은 점점 평온해졌다.

이렇게 말하면 스트레스를 전혀 받지 않는 사람처럼 보일지도 모르지만 당연히 그렇지는 않다. 오히려 그림을 그리고 나서야 깨달았다. '아, 이토록 원하는 일을 하는데도 걱정, 스트레스, 고민, 괴로움은 영영 사라지지 않는구나.' 그림이 원하는 대로 나오지 않을 때, 원래 하고 싶었던 일은 하나도 추진하지 못할 때, 생계에 대한 걱정은 물론 생각이 맞지 않는 사람들도 여전히 주변에 가득한 데다 게으름 피우고 늑장 부리는 스스로를 미워하고 억울해하기를 수도 없이 반복한다.

그럼에도 불구하고. 그림 그리기 전을 떠올려보면 지금이 훨씬 낫다는 생각이 든다. 지망생일 땐 도망칠 수 없는 미로 안에 갇힌 기분, 아무리 노력해봤자 무엇도 해결할 수 없다는 기분이었다. 항상 먹구름이 껴 있고, 종종 작은 빛을 찾는 게 행복이었다면, 지금은 커다란 빛 안에 살고 있고 가끔씩 작은 먹구름이 끼는 기분이다. 마음의 환경 자체가 달라진 것이다.

나에 대해 자랑스러운 부분이 딱 하나 있다면 바로 이런 점이다. 어디서든 한 치의 거짓 없이 행복한 인생이라고 말할 수 있다는 것. 이 세상에 순도 100퍼센트의 행복 같은 건 없을 것이다. 하지만 '대체로 행복'한 건 가능할지도 모른다. 종종 평행우주의 수많은 반지수들을 생각해본다. 내가 살 뻔했던, 선택할 뻔했던 인생의 경우의 수를 떠올려본다. 윽! 싫다. 눈을 감고 몇 초만 상상해봐도 바로 알 수 있다. 아직 삶의 경험은 많지 않지만 어떤 일을 할 때 괴롭고 어떤 일을 할 때 살아 있는 것 같은지 정도는 알 수 있다. 나는 그림을 그려야만 행복할 수 있는 사람이다. 결국, 이곳의 내가 제일 낫다. 지금이 좋다. 돈을 지금보다 두 배, 세 배로 번다고 해도 그림이 아닌 다른 일을 했다면 괴로웠을 것이다. 나는 삶에서 많은 부분을 모호하게 남겨두고 싶지만, 이것만큼은 확실하게 말할 수 있다. 그림을 그리지 않았다면, 다른 일을 선택했다면 나는 대체로 불행했을 것이다.

언제부턴가 행복하다고 말하는 것이 오글거리고 부끄러운, 유치한 일처럼 돼버린 듯하다. 모두가 고통을 이야기하고, 그럴 수밖에 없는 세상이란 걸 안다. 그 앞에서 내 행복을 이야기하기가 힘들어 나도 같이 투덜대다 돌아온 적도 많다. 하지만 가끔은 꼭 이야기하고 싶었다. 그림을 그리기로 선택한 것이 자랑스럽고 마음에 든다고, 나는 '대체로' 행복한 삶을 살고 있다고, 이런 삶도 있다고.

← 지금 이 그림을 그리고 있는 모습

이러니저러니 해도
나는 그림 그리는 순간이
가장 행복하다.

그림을 그리다 나도 모르게
씨익 웃고 있는 스스로를 발견할 때마다
이 일은 분명 내겐
천직이고
천성일 거라
믿는다.